# Enfants
# de la Rébellion

*roman historique*

Nous remercions la SODEC
et le Conseil des Arts du Canada
de l'aide accordée à notre programme de publication
ainsi que le gouvernement du Québec
– Programme de crédit d'impôt
pour l'édition de livres
– Gestion SODEC.

| | Patrimoine canadien | Canadian Heritage |

| SODEC Québec ≈≈ | Conseil des Arts du Canada | Canada Council for the Arts |

Nous reconnaissons l'aide financière
du gouvernement du Canada
par l'entremise du Fonds du livre du Canada
pour nos activités d'édition.

Illustration de la couverture :
Francis Back

Montage de la couverture :
Grafikar

Membre de l'Association nationale des éditeurs de livres

ASSOCIATION NATIONALE DES ÉDITEURS DE LIVRES

Dépôt légal : 3e trimestre 1991
Bibliothèque nationale du Canada
Bibliothèque nationale du Québec

20 21 IM 09876543

Copyright © Ottawa, Canada, 1991
Éditions Pierre Tisseyre
ISBN 978-2-89051-458-4
10637

# Susanne Julien

# Enfants
# de la Rébellion

*roman*

**ÉDITIONS
PIERRE TISSEYRE**
w w w . t i s s e y r e . c a

155, rue Maurice
Rosemère (Québec)  J7A 2S8
Téléphone: 514-335-0777 – Télécopieur: 514-335-6723
Courriel: info@edtisseyre.ca

**Catalogage avant publication
de Bibliothèque et Archives Canada**

Julien, Susanne

      (Collection Conquêtes ; 19)
      Pour les jeunes de 10 à 14 ans.

      ISBN 978-2-89051-458-4

      I. Titre  II. Collection.

PS8569.U44E53 1989        jC843'.54        C89-096046-1

*À tous les rêveurs,*
*les utopistes*
*et les forgeurs de chimères.*

## Avis aux lecteurs

Les personnages principaux de cette histoire, ainsi que leurs aventures personnelles, sont fictifs et purement imaginaires. Néanmoins, la trame historique de ce roman est véridique.

# Table des matières

# 1

## La trouvaille

DE GROSSES GOUTTES TRISTES ET glacées tombent drues d'un ciel gris et monotone. Quel temps moche!

Pourtant la fin de semaine s'annonçait bien pour les jumeaux. Depuis quelque temps déjà, ils en rêvaient de ces deux jours à Saint-Rémi, chez leur grand-mère. Sans cette pluie froide, ils auraient pu se balader en bicyclette dans la campagne, aller à la pêche à la truite, ou encore escalader la montagne tout près de là, peut-être même se baigner dans la rivière. Même le terrain de tennis est inondé.

Non vraiment, il n'y a pas grand-chose à faire par ce mauvais temps!

— Je m'ennuie, soupire Mijanou.

— Moi aussi, approuve Nicolas.

Les jumeaux se font une grimace qui en dit long sur leur état d'âme. À les regarder, on peut difficilement deviner leur lien de parenté. Ils se ressemblent si peu. Mijanou, toute menue, avec ses traits délicats et ses cheveux noirs bouclés est l'antipode de son frère plutôt grand pour ses quatorze ans, à l'allure sportive et aux cheveux blonds et raides. De commun, ils n'ont que leurs yeux, d'un bleu profond et ornés de grands cils noirs.

— Si on jouait au OKO? propose Nicolas.

— Pas encore, rejette aussitôt Mijanou. On a déjà joué ce matin.

— Peut-être, mais j'ai déjà lu toutes les vieilles bandes dessinées. De plus, il est impossible de jouer au Monopoly: il manque des cartes. Zut! Ici tout est vieux: vieux livres, vieux jeux, vieux...

— Wow! Nic, tu viens d'avoir une idée de génie, lui lance subitement sa sœur, les yeux pétillants de malice.

— Mais, Mij, je n'ai rien dit de spécial!... répond-il éberlué.

Écoutant son éclat de rire, il sait au fond que cela n'a pas tellement d'importance, parce que, de toute façon, les bonnes idées viennent toujours d'elle. Elle a toujours été la meneuse de leur petit couple. Elle ne manque jamais d'imagination pour trouver des coups à faire (bons ou mauvais, indifféremment). Son rôle à lui consiste le plus souvent à les mettre à exécution.

Par exemple, quand ils avaient 5 ans, qui avait eu l'idée de coller leurs lits parce qu'ils avaient peur le soir dans le noir? Elle. Et qui s'était fait prendre avec le pot de colle à la main? Lui. Et plus vieux, vers 10 ans, qui avait suggéré de construire un radeau pour descendre la rivière? Elle. Et qui avait essayé de couper des poteaux téléphoniques avec une hache pour construire le fameux radeau? Lui.

Mi-méfiant, mi-amusé, il attend qu'elle lui explique «son» idée de génie. Il vaut mieux se tenir sur ses gardes, car, avec elle, on ne sait jamais à quoi s'attendre.

— Oui, tu l'as dit, ici tout est vieux. Alors pourquoi ne pas en profiter? lui dit-elle sans plus d'explication, certaine qu'il comprend déjà tout.

Nicolas se gratte la tête, cherche ce qu'il doit comprendre, puis soupire:

— En profiter pour faire quoi?

— Gros bêta! Mais fouiller dans les vieilleries du grenier. Un grenier, c'est toujours plein de vieux trésors, comme...

— Des toiles d'araignée, des montagnes de poussière...

— Des antiquités, des reliques, des souvenirs de famille...

— Arrête de rêver en couleur. Il n'y a sûrement rien d'intéressant là-haut. Et puis Mammie ne voudra jamais nous laisser fouiller.

— Ça, j'en fais mon affaire, lui lance-t-elle avec un sourire malicieux.

Et d'un bond, elle se lève et court rejoindre sa grand-mère à la cuisine.

— Mmm! Ça sent bon Mammie, lui dit-elle d'une voix douce. Quelle merveille nous prépares-tu pour le souper?

— Rien de spécial, ma biche. C'est une lasagne, lui répond la vieille dame.

— Youpi! Et pour dessert? s'enquiert Nicolas, toujours aussi gourmand.

— De la tarte au sirop d'érable. Je vous ai préparé vos plats préférés. C'est déjà assez triste pour vous de ne pas pouvoir sortir, leur explique-t-elle gentiment.

Profitant de cette entrée en matière, Mijanou se lance à l'attaque:

— C'est vrai Mammie. Nic et moi, on s'ennuie un peu. On a déjà joué aux cartes, lu des revues, regardé la télé. Mais on dirait que le temps n'avance pas, il n'est que 14 heures, et on ne sait plus quoi faire.

— Mes pauvres petits, je ne sais pas comment vous occuper. Habituellement, vous passez la journée dehors, mais avec ce sale temps...

— Mammie, on pourrait peut-être, poursuit courageusement Mijanou, enfin si ça ne te dérange pas, visiter ton grenier?

La vieille dame, surprise, arrête de remuer sa sauce, se retourne et examine silencieusement les jumeaux.

«Ça y est, c'est fichu, pense Nicolas, elle ne voudra jamais.»

Tout doucement le bon visage de la grand-mère s'illumine d'un sourire rêveur qui la rajeunit.

— Pourquoi pas! Après tout, vous pourriez peut-être y faire des découvertes ou apprendre des choses... Et puis vous êtes assez grands maintenant pour que je vous fasse confiance.

Mais elle ajoute tout de même:

— Attention de ne rien briser là-haut, tous ces souvenirs sont une partie importante de ma vie.

— Merci Mammie, tu es un ange! disent ensemble les jumeaux.

Ils embrassent leur grand-mère et disparaissent aussitôt dans l'escalier. Sur le palier, Nicolas place l'escabeau sous la trappe, monte et pousse doucement le battant qui bascule lourdement.

— Pouah! Je te l'avais dit que c'était plein de poussière.

— Arrête de te plaindre et grimpe. Moi aussi, je veux monter.

— D'accord, mais il fait noir. Je n'y vois rien.

— Il doit pourtant y avoir une lampe au plafond, marmonne Mijanou en laissant courir ses doigts tout autour de la trappe. Ça y est, je l'ai!

Elle tourne l'interrupteur. Nicolas, qui peut enfin voir, lui tend la main pour l'aider à monter, puis referme la trappe.

— Nous voilà enfin dans la caverne d'Ali-Baba, chuchote ironiquement Nicolas. Regarde, c'est plein de trésors!

Ouvrant grand les yeux, Mijanou essaie de se diriger parmi cet amoncellement d'objets hétéroclites. Il y en a vraiment pour tous les goûts: des vieilles chaises de paille trouées, des valises en cuir, un paravent en bois orné de dessins de style rococo, des armoiries et des coffres en bois, des cadres, de vieilles lampes, des potiches en céramique... Elle se sent impressionnée malgré elle.

— Ça alors, on dirait un vrai magasin d'antiquités.

— Dis plutôt un marché aux puces, remarque son frère. Il n'y a probablement que peu d'objets parmi tout cela qui aient vraiment de la valeur.

— Et la valeur sentimentale, qu'est-ce que tu en fais? Ces portraits, par exemple, ils représentent sûrement nos ancêtres.

Elle s'approche de deux petits cadres ronds déposés sur un secrétaire et les époussette de son mieux. Nicolas émet un sifflement admiratif en apercevant le visage d'une jeune fille sur l'un d'eux. Mijanou admet:

— Oui, elle était jolie l'arrière-grand-mère. Mais je préfère l'arrière-grand-père, ajoute-t-elle en montrant l'autre portrait.

— Je me demande qui ils sont. Regarde derrière, s'il y a un nom.

— Oui, Rosalie Cadet, 1837 et l'autre c'est Laurent-Olivier Valois, 1836.

— Ça veux dire que ça date d'environ... 100... 150 ans! On devrait alors parler de nos arrière-arrière-arrière-grands-parents.

— Oui, ces portraits sont très vieux. Tu ne trouves pas qu'elle portait une belle robe. Regarde ce beau col de dentelle. Et lui, sa boucle dans le cou lui donne un air très distingué...

— Si la mode t'intéresse tellement, l'interrompt Nicolas, jette un coup d'œil dans cette armoire. Elle est pleine à craquer de robes à crinoline, de beaux habits et... Tiens, qu'est-ce que c'est que ça?

Du fond de l'armoire, il sort un costume spécial qui n'a pas vraiment l'air d'aller avec les autres vêtements. Le pantalon est taillé dans une grosse toile rude et le veston semble fait de laine tissée.

— Quelle drôle d'idée de conserver des vêtements pareils, remarque Mijanou. Ils sont laids et ils ont l'air communs, comme s'il s'agissait de vêtements pour travailler aux champs.

— Ça ferait un beau costume d'épouvantail. Il n'y manque qu'un vieux chapeau troué.

— Regarde plutôt par ici, lance tout à coup Mijanou. On dirait un vieil orgue ou, comment dit-on? un harmonium.

Nicolas, vivement intéressé par tous les instruments de musique, se précipite. Mais dans sa hâte, il accroche une haute lampe de marbre sur pied qui bascule sur un bureau et fait rouler par terre une potiche en céramique. Celle-ci brise en atteignant le plancher.

— C'est malin ça, s'écrie Mijanou. Mammie ne sera pas très contente.

— C'est juste un accident, se défend son frère tout en replaçant la lampe sur son pied. Je vais ramasser les morceaux. Il n'y a pas de problème, avec de la bonne colle, ça n'y paraîtra plus.

Il se penche et aperçoit un objet bizarre parmi les débris. Cela ressemble à un sac de soie finement brodé. Il le montre à sa sœur.

— C'était dans la potiche.

— C'est un sac à ouvrage de dame. Pourquoi était-il caché là? Vite, ouvre-le!

Nicolas obéit et dénoue le fin lacet de cuir. Il plonge la main à l'intérieur et en ressort un petit cahier relié en cuir souple. Délicatement, il le feuillette. Une fine écriture serrée et égale court sur toutes les pages jaunies par le temps. Sur la première page, il lit:

— Mon journal intime et confidentiel, par demoiselle Marie-Rosalie-Églantine Cadet.

— Rosalie Cadet, murmure Mijanou. C'est elle.

Elle pointe du doigt le petit cadre déposé sagement sur le secrétaire.

# 2

## Demoiselle Rosalie

INSTALLÉS PAR TERRE DANS UN COIN du grenier, les jumeaux tiennent conseil. Voilà déjà plus d'un quart d'heure qu'ils délibèrent sur la conduite à suivre. Que faire? Tout dire à Mammie qui leur confisquera le journal et les empêchera de revenir au grenier? Ou bien se taire et tout remettre en place eux-mêmes? Ou encore avouer la potiche cassée, mais garder pour eux le journal?

Au fond d'eux-mêmes, ils brûlent d'envie de lire ce journal et désirent garder ce secret pour eux. Ils se regardent en silence l'air incertain, puis se font un sourire complice. Sans dire un mot, ils se comprennent. Nicolas descend montrer la potiche à sa grand-mère.

— Je suis désolé Mammie. C'est un accident, tu sais. Il y a tellement d'objets là-haut. J'ai accroché la lampe et crac...

— Bah! Ce n'est pas si grave. Je n'aimais pas tellement ce drôle de pot.

— Je vais quand même te le recoller, ce soir. Promis. Ça n'y paraîtra plus.

Il court rejoindre sa sœur qui l'attend impatiemment dans leur chambre avec leur trouvaille.

— Tu m'as attendu pour commencer?

— Oui! Oui! lui répond-elle avec un sourire en coin. Et moi qui croyais que tu n'étais pas curieux...

— Arrête de me faire languir et ouvre ce journal. Je me demande bien ce qu'une fille de cette époque avait de si intéressant à dire.

— Tu sauras, mon cher, que les filles de toutes les époques sont intéressantes.

— Monte pas sur tes grands chevaux et lis.

Mijanou ouvre délicatement le journal et s'exécute:

Aujourd'hui, 2 février 1837, à Saint-Antoine-sur-le-Richelieu, j'ai reçu ce joli cahier pour mon dix-septième anniversaire.

Ce cadeau m'a été offert par ma marraine et ma tante, dame Marie-Reine Morin. Elle m'a donné de nombreux conseils sur l'usage de ce cahier. J'ai décidé, après mûre réflexion, de suivre l'un d'eux. J'en ferai mon journal intime. Dedans, j'inscrirai tous les événements et les souvenirs importants de ma vie. J'y noterai aussi tous les sentiments et toutes les pensées qui sont impossibles à confier à qui que ce soit (même à sa meilleure amie, même à sa mère) tellement ils sont privés et secrets.

— Wow! Ça risque d'être intéressant, interrompt Nicolas. Des sentiments secrets et des pensées privées, mais j'espère qu'il y aura aussi un peu d'action.

— Si tu veux bien me laisser continuer, on verra bien.

Oui, je déposerai les secrets de mon cœur et de mon âme à l'intérieur de ces pages et je cacherai ces pensées à l'intérieur du sac à ouvrage que ma mère m'a donné. De toute façon, je n'aime pas tellement les ouvrages de dame. Je n'y suis pas très habile. Au couvent, Sœur Sainte-Agnès me l'a souvent répété de sa petite voix nasillarde:

— Demoiselle Marie-Rosalie-Églantine, votre esprit s'égare encore dans les vapeurs nocives du rêve. Un peu plus de discipline, jeune fille, et continuez plutôt votre ouvrage.

— Tu parles d'une façon de dire les choses, s'exclame Mijanou qui continue en modifiant sa voix. Mademoiselle Mijanou et sieur Nicolas sortez de vos vapeurs nocives et euh!... nauséabondes et au travail.

Les jumeaux éclatent de rire.

— On peut dire que l'arrière-grand-mère n'était pas une élève modèle, s'écrie Nicolas. Tu dois tenir cela d'elle.

— Je regrette, mais je suis une élève studieuse. C'est toi le mauvais garnement en classe.

— Moi, jamais de la vie, lui lance son frère d'une voix mi-sérieuse, mi-ironique. Allez, lis la suite.

En entendant ce genre de remarque, les autres filles de la classe rient sous cape. Je trouve cela extrêmement vexant. Que savent-elles, après tout, de mes rêves et de mes désirs.

Mes pensées ne sont pas futiles. Au contraire, ce à quoi je songe, c'est à ma patrie. Mais comment leur expliquer cela quand elles ne pensent qu'aux travaux d'aiguille.

Pourtant, je sens bien que quelque chose de grave se prépare. Père le dit souvent:

— L'Angleterre et le Conseil législatif ne peuvent se moquer plus longtemps de notre Chambre d'Assemblée. Ils prennent notre argent sans notre consentement et ils anéantissent les droits que nous avions. Non vraiment, cela ne peut pas continuer ainsi. Un jour, il se passera quelque chose de terrible et, à ce moment-là, il sera trop tard pour réparer...

— Tu y comprends quelque chose à tout cela? demande Mijanou.

— Pas vraiment, mais ça annonce de l'action.

— Ne te fais pas trop d'idées, tu risques d'être déçu. Il s'agit peut-être de simples élections.

— Peut-être. Pourtant, je te parie un paquet de réglisses que ça va barder!

— Pari tenu!

Et Mijanou retourne au journal.

À vrai dire, je ne comprends pas très bien tout ce que Père dit. Je trouve cela extrêmement compliqué. Quand je lui demande des explications, il se contente de me sourire doucement, il me caresse les cheveux et me dit de ne pas m'inquiéter avec cela.

Mais je trouve cela injuste, car quand mon frère jumeau...

— Tiens, elle aussi a un frère jumeau, s'écrie Nicolas.

— J'ai déjà entendu dire que c'était héréditaire.

— Tu crois? De toute façon, elle a bien de la chance d'avoir un jumeau aussi fin et intelligent que moi!

— Ce n'est pas prouvé. Si tu étais si intelligent et si fin que cela, tu arrêterais de m'interrompre à tout moment. Bon, où en étais-je?

Mais je trouve cela injuste, car quand mon frère jumeau lui pose des questions là-dessus, il l'emmène dans son bureau pour lui parler d'homme à homme. Oui, c'est vraiment injuste. Pourquoi n'aurais-je pas droit à des explications? Parce que je suis une fille? C'est une mauvaise excuse.

Il ne faut pas croire que je manque de respect pour mon père, au contraire. Je crois que c'est un homme respectable et honorable. Mon père, le notaire Joseph-Alexandre Cadet, est un homme bien connu et aimé dans le village. C'est un des notables de l'endroit. Il est reconnu pour son jugement juste et équitable.

De plus, il a toujours approuvé et aidé ma mère, Dame Élisabeth Cadet, dans ses bonnes œuvres envers les pauvres et les déshérités.

Oui, en vérité, je les aime beaucoup et j'éprouve pour eux le plus profond respect. Seulement, quelquefois, j'ai l'impression que mon frère Julien a droit à certaines faveurs. Par exemple, Père le considère déjà comme un homme, tandis que moi je reste son éternelle petite fille. C'est une attitude désobligeante.

Mais cela s'explique peut-être par la disparition de mon frère aîné, Thomas. Je me souviens encore de lui, même s'il est mort, il y a déjà cinq ans. Il a été emporté par le choléra, durant la grande épidémie de 1832. Beaucoup de gens sont décédés à cause de cela. Ce fut terrible. Nous restions cachés dans notre maison. Le docteur appelait ça une quarantaine.

Je me souviens que j'avais très peur. Tous les matins à mon réveil, je m'examinais de la tête aux pieds. Quand j'ai su que Thomas était malade, j'ai beaucoup pleuré. Avec ma mère tous les soirs, à genoux aux pieds de mon lit, nous priions Saint-Roch contre le choléra.

J'avais acheté aux religieuses une image de Saint-Roch avec la prière spéciale à réciter contre ce terrible fléau. On y voyait le saint assis sur un rocher, un bâton à la main et, de l'autre, il semblait implorer un ange dans le ciel.

À ses pieds, un beau chien blanc et noir était allongé.

Quand Thomas est mort, j'ai déchiré l'image en petits morceaux et je l'ai jetée dans le foyer.

Mère eut beau m'expliquer que les plans de Dieu sont impénétrables et qu'il fallait s'y conformer, je me sentais terriblement déçue et abattue. Père aussi était très triste. Je crois que Julien a hérité à ce moment-là de toute l'affection qu'il portait à Thomas.

Mon frère aurait vingt-deux ans aujourd'hui. Père traite Julien comme s'il était Thomas et s'il avait, lui aussi, vingt-deux ans. Il faut bien avouer que Julien ne s'en plaint pas. Je crois même que cela l'arrange. Il a droit à certains privilèges... Mais je l'aime bien, mon jumeau...

Mijanou et Nicolas gardent le silence quelques instants. Incapable de se taire bien longtemps, le jeune garçon rompt la glace:

— Je me demande si c'est très douloureux comme maladie le choléra. De toute manière, mourir à 17 ans, ça n'a rien d'enviable.

— Tu sais, à cette époque, toutes les maladies devaient être graves. La médecine n'était pas évoluée comme aujourd'hui. Les gens avaient plus confiance dans les prières que dans les remèdes.

— Oui, mais ils n'étaient pas plus efficaces les uns que les autres.

— Mais tout de même, ajoute Mijanou pour changer de sujet, l'arrière-grand-père Cadet était plutôt sexiste.

— C'était l'époque, Mij. Et puis, il n'avait pas tout à fait tort. Les filles, ça ne comprend jamais rien, ajoute-t-il pour taquiner sa sœur.

Mijanou prend un air supérieur et se penche sur le journal quand tout à coup, elle entend des bruits de pas et de conversation qui se rapprochent dans le corridor. Vite, elle referme le cahier et l'enfouit sous son oreiller.

Au même instant, la porte s'ouvre sur leurs parents.

— Surprise! leur lance leur père. Vu le mauvais temps, nous avons décidé de venir vous retrouver plus tôt.

— Oui, ajoute leur mère en les embrassant. Nous couchons ici ce soir et tôt demain, nous vous emmenons à une course de motocyclettes.

— Wow! s'écrie Nicolas. C'est super!

— Tant mieux si cela vous fait plaisir, leur dit Mammie. En attendant, venez manger. C'est prêt.

○

Mijanou essuie silencieusement une assiette tandis que son frère siffle gaiement, les deux mains dans l'eau savonneuse. Du salon, leur arrive le bruit des voix de leurs parents discutant avec Mammie.

— T'as pas bientôt fini de faire la tête, lui dit-il soudain.

— Je ne boude pas!

— Vraiment, tu n'as pas dit deux mots depuis le début du repas. Je suis sûr que maman l'a remarqué.

— Je réfléchis, voilà tout.

— Oh! mademoiselle réfléchit. Faut-il que je te décerne une médaille pour cela? Et un bon applaudissement pour Miss Mijanou!

Aussitôt dit, aussitôt fait. Il s'amuse à battre des mains malgré le savon qui les entoure. Des giclées de mousse blanche éclaboussent les murs et Mijanou. Cela provoque la colère de sa sœur.

— Arrête de faire le gamin et essuie tes dégâts.

— Où as-tu mis ton sens de l'humour? Mammie ne nous a pas servi de la vache enragée.

Mijanou, boudeuse, ne répond pas.

— D'accord, je m'excuse, ajoute-t-il alors. Tu veux bien m'expliquer maintenant pourquoi tu as cet air morose?

— Je me demandais ce que l'on allait faire.

— De quoi?

— Mais du journal, voyons! On n'a pas eu le temps de tout lire, et, d'ici notre départ, nous serons trop occupés pour cela.

— C'est bien simple. Tu le glisses dans tes bagages et on le lira en ville.

— Je ne sais pas. J'ai l'impression que ce que l'on fait là c'est mal. Après tout, ce journal ne nous appartient pas.

— Ça alors! Mijanou qui a des remords maintenant. J'aurai tout vu.

— Ne te moque pas, c'est sérieux. J'ai le sentiment de commettre un sacrilège. Comme si je rentrais dans le cerveau de quelqu'un sans lui demander la permission. Un journal, c'est privé, personnel.

— Un instant, n'exagère pas. Si Rosalie Cadet avait voulu que cela reste confidentiel, elle aurait détruit son journal. Si elle ne l'a pas fait, c'est peut-être pour faire connaître ce qu'elle a vécu et pour que quelqu'un en bénéficie d'une façon ou d'une autre. Et en l'occurence, c'est nous qui allons en bénéficier.

Mijanou songe en silence à tout cela. Puis elle dit:

— C'est peut-être vrai ce que tu dis. Mais il n'en demeure pas moins que le journal ne nous appartient pas. Il fait partie des souvenirs de Mammie. J'ai l'impression de commettre un vol.

— Non, pas un vol, un emprunt. Nous revenons ici dans un mois pour le festival des couleurs au Mont-Tremblant. D'ici là, nous aurons le temps de le lire. On le rapportera alors et tu le remettras à sa place au grenier. Ni vu, ni connu.

— Oui, ce n'est pas bête comme idée. Mais, si on veut le remettre à sa place, il faut d'abord réparer la potiche. Range la vaisselle, je vais chercher la colle.

Nicolas, resté seul dans la cuisine, regarde la pile d'assiettes propres, les verres et les casseroles qui traînent sur la table. Il a un peu la sensation qu'il s'est fait avoir. Elle lui a laissé la dernière corvée: tout ranger.

# 3

## Serment et résolution

NICOLAS S'ENFONCE DOUCEMENT dans les nuages moelleux du rêve. Il se voit tout vêtu de cuir, botté, ganté et casqué, assis à califourchon sur une puissante moto. À sa droite et à sa gauche, il entrevoit une dizaine de concurrents équipés comme lui. Ils «rincent» leurs moteurs.

Bientôt le signal du départ va être donné: 3 — 2 — 1 — GO. Toutes les motos bondissent sur la route, sauf la sienne. Il se sent tiré par derrière.

— Lâchez-moi! Lâchez-moi! Sinon je vais perdre.

— Nicolas! À quoi joues-tu? Je veux simplement te parler.

Et bang! Nicolas se retrouve dans son lit. Mijanou arrête de le secouer et s'assoit près de lui.

— Ne me fais pas croire que tu dormais déjà.

— Eh bien, oui, justement! lui répond-il mollement. Je faisais le plus merveilleux des rêves: j'allais gagner une course de motocyclettes.

— Ton après-midi t'a marqué.

— Pourquoi me réveilles-tu? Que me veux-tu?

— Il fallait que je te parle. Je n'arrive pas à dormir parce que...

— Tant pis pour toi! Moi, je dors très bien, comme tu peux le voir.

Nicolas s'enfonce dans son lit et rabat la couverture sur sa tête.

— Nic, s'il te plaît, supplie Mijanou. C'est important ce que je veux te dire.

— Plus important que dormir? lui demande une voix étouffée.

— Oui, beaucoup plus.

— D'accord.

Il sort paresseusement de sa couverture, s'étire comme un chat au soleil et consent finalement à ouvrir les yeux pour écouter sa sœur.

— Il faut faire un pacte, lui lance-t-elle tout de go.

— Un pacte? s'exclame-t-il surpris. Pourquoi un pacte? Et à quel sujet?

— À propos du journal! Il faut promettre solennellement deux choses: premièrement lorsque nous aurons fini de lire le journal, nous le remettrons à sa place et nous dirons tout à Mammie.

— Ça fait déjà deux choses dans ton premièrement, lui objecte-t-il. Pour le remettre à sa place, nous étions déjà d'accord, mais pour tout dire à Mammie... Est-ce vraiment nécessaire?

— Oui. Je me sentirais malhonnête de ne pas lui dire. Pas toi?

— Mmm! Sais pas. Tu as peut-être raison au fond. Après tout ça ne changera rien puisqu'on l'aura déjà lu. Et l'autre point, c'est...?

— Défense absolue de lire le journal seul. Il faut toujours être ensemble pour le lire.

Devant l'air sérieux et résolu de sa sœur, il ne peut s'empêcher de rire. Mais après un moment, il s'arrête pile.

— Tu as raison, encore une fois. C'est notre secret à nous deux. Il faut donc être ensemble pour le lire. Mais ça peut poser certains problèmes.

— Pas si on s'organise, lui répond-elle. Il s'agit de bien planifier notre temps. Faisons un horaire de nos périodes libres. Après la classe, j'ai une pratique de natation trois soirs par semaine, plus le samedi matin.

— Moi, je suis dans l'équipe de soccer et on joue tous les samedis et dimanches matin. Je participe aussi aux activités de ping-pong tous les midis à l'école.

— Il faut aussi compter tout le temps que l'on consacre à nos études. Il nous reste finalement le mardi et le jeudi après la classe et le samedi et le dimanche après-midi.

— À quatre fois par semaine, on aura sûrement le temps de finir avant un mois, conclut Nicolas et il ajoute d'un ton plaintif: Bon, je peux retourner à mes rêves maintenant?

— Pas si vite, tu oublies notre pacte. Il faut faire une promesse, s'écrie-t-elle d'un ton énergique.

Nicolas voit bien qu'il n'y échappera pas.

— Quel genre de promesse?

— Comme on faisait quand on était petits. Tu t'en souviens, n'est-ce pas?

Bien sûr qu'il s'en souvient. Ils utilisaient cette promesse à propos de tout et de rien, mais surtout lors de ses fameuses idées de génie...

Ils se pincent le nez de la main droite et posent la gauche sur la tête de l'autre. Puis ils répètent ensemble d'une voix nasillarde:

— Je promets, promets pour toujours d'être fidèle à mon pacte, sinon que mes oreilles allongent, que mes dents tombent et que mes yeux louchent...

Ils ne peuvent s'empêcher de rire en prononçant les derniers mots.

— Tu serais assez beau avec des grandes oreilles...

— Et toi avec les dents arrachées, tu te ferais remarquer des garçons...

— De toute façon, l'important, c'est de tenir notre promesse. Donc, rendez-vous mardi à 16 heures, dans ma chambre. Bonne nuit et bons rêves, lui lance-t-elle en le quittant.

○

— Tu es en retard, dit Mijanou en accueillant son frère dans sa chambre.

— J'avais une retenue pour terminer un travail, explique-t-il. Où est le journal?

— Dans sa cachette.

Elle sort de sous son lit une boîte à biscuit en métal. À l'intérieur, il y a toutes sortes de souvenirs et le précieux petit sac à ouvrage de Rosalie Cadet contenant son journal. Elle l'ouvre et commence la lecture:

Je sais bien qu'il est très tard pour écrire et que Mère s'imagine sûrement que je dors. Mais j'ai passé une journée tellement excitante qu'il faut absolument que je le note.

Il faut d'abord dire que, depuis deux jours, le temps est extrêmement doux pour un mois de février. C'est à croire que le printemps a décidé de nous faire une surprise et de chasser l'hiver.

Père a persuadé Mère qu'il fallait profiter de cette température clémente pour visiter des amis à Saint-Denis. Nous avons traversé le Richelieu sur le bac de Saint-Antoine. Je trouve cela impressionnant de traverser la rivière sur cette drôle d'embarcation qui craque de partout. J'avais un peu peur qu'il heurte des glaces et se fende en deux. Mais le passeur est un homme habile. Père dit qu'il faut lui faire confiance, car il a beaucoup d'expérience et qu'il est très prudent.

Il n'empêche que j'étais bien heureuse de remettre le pied par terre à Saint-Denis. Nous avons d'abord visité les Hubert. M. Hubert est notaire et il travaille parfois avec Père.

Julien est très ami avec François, leur fils. Ils ont longuement discuté ensemble. Puis ils sont partis rencontrer des amis communs. Mon frère connaît beaucoup de gens à Saint-Denis. Quand le beau temps arrive, il vient régulièrement leur rendre visite. Et ils passent des heures à discuter de politique, de patrie, de droits...

J'aimerais bien me mêler à leur conversation, mais Mère trouve cela peu convenable pour une jeune fille. Une demoiselle digne de ce nom ne doit pas se préoccuper de ces choses. Alors, je me contente de tendre l'oreille dans leur direction.

Ensuite, nous sommes allés chez le docteur Desrivières qui a plusieurs enfants, dont une fille de mon âge, Amélie. Je la connais depuis longtemps, mais elle n'est pas vraiment mon amie (au grand désespoir de Mère).

Ce n'est pas qu'elle soit déplaisante. Au contraire, Amélie est très belle et elle le sait. Aussi est-elle très coquette. Elle sait bien se mettre en valeur par sa façon de s'habiller, de se coiffer, de se tenir. Elle ne manque jamais une occasion de sourire à un garçon (en rougissant et en tapant de l'œil, évidemment).

Mère me la cite souvent en exemple:

— Amélie est une véritable jeune fille, bien élevée et bien mise. Elle sait toujours garder sa place. Au lieu de poser toutes sortes de questions sur des sujets qui ne te concernent pas, tu devrais te tenir comme elle.

C'est justement sa façon de se tenir qui me déplaît. Elle me fait penser à une chatte que j'ai vue l'autre jour. Une belle chatte blanche aux poils longs qui passait son temps à se chauffer au soleil, mais qui était absolument incapable d'attraper la moindre souris. C'était une belle chatte mais complètement inutile. Amélie est certes très belle, mais à quoi est-elle utile?

Ce n'est pas le genre de remarque que je peux dire à ma mère. Je ne pense pas qu'elle me comprendrait. Alors je souris et je me montre très polie avec cette jeune fille. J'écoute son bavardage incessant sur des sujets quelconques. Je me contente de hocher la tête et d'approuver poliment.

Depuis quelque temps, son sujet de conversation favori, ce sont les garçons et les jeunes hommes. Il faut bien avouer que plusieurs la courtisent déjà. Tandis que moi... Je ne dois pas être assez jolie. Amélie m'a même dit:

— Tu n'es pas si laide que cela, pourtant. Si tu changeais cet horrible chignon pour des boudins et des boucles, tu serais même presque belle...

Si au même instant, son frère, le mien et leurs amis n'étaient pas arrivés, je lui aurais sauté au visage pour lui arracher sa langue de vipère... Je me suis vite détournée pour essuyer en cachette les larmes qui me montaient aux yeux.

Heureusement, son frère Isidore a proposé une plaisante diversion, une promenade dans le village.

Personne ne s'est rendu compte de rien, sauf peut-être Julien qui a gentiment posé son bras sur mes épaules. Il connaît bien Amélie et sa «gentillesse».

Nous avons suivi la rue Saint-Denis qui longe la rivière. Les garçons discutaient entre eux sauf deux qui donnaient chacun un bras à Amélie. Elle était évidemment très touchée par cette marque de galanterie. Moi, je faisais celle qui ne voit rien de tout cela, malgré tous les clins d'œil qu'elle me lançait. Je détournais la tête comme si j'admirais le paysage. C'est à ce moment que j'aperçus un monument à gauche de la rue.

Je m'en suis approchée pour lire la plaque:

«Passant, rends hommage à la mémoire du Patriote Louis Marcoux, tué à Sorel, le 10 novembre 1834, en défendant la cause sacrée du pays, âgé de 36 ans. Ses dernières paroles furent: Vive la Patrie!»

En s'apercevant que je ne les suivais plus, Julien, Isidore et François sont revenus sur leurs pas pour me chercher. Je les ai alors questionnés sur ce patriote.

Isidore m'a expliqué que l'on avait élevé ce monument en juin dernier à la mémoire d'un homme qui était mort durant les élections de 1834. Il s'était fait tuer en tentant d'arrêter un homme qui tirait des coups de feu sur les partisans des Patriotes. Cet homme voulait ainsi leur faire peur et les empêcher de voter pour que les Bureaucrates soient élus.

Je lui ai alors répondu que je ne connaissais pas grand-chose à la politique, mais que je serais bien contente s'il voulait m'expliquer. À ma grande surprise, ils se sont mis tous les trois à me donner toutes sortes d'explications. Même Julien se mettait de la partie pour me faire comprendre. Je ne sais pas si j'ai tout saisi, mais j'ai appris beaucoup à les écouter parler.

Ils me parlèrent d'abord des *Quatre-vingt-douze résolutions de 1834*. C'est Louis-Joseph Papineau qui en est le maître d'œuvre. Ces résolutions demandent au gouvernement britannique des réformes à tous les points de vue:

— sur le système judiciaire,
— sur les concessions des terres,
— sur la répartition des emplois gouvernementaux,
— sur les élections,
— sur les droits des gouverneurs,
— sur tout ce qui touche la politique et le peuple!

Ces résolutions exigent tellement de changements que je leur ai demandé s'ils croyaient reconnaître le pays après leur réalisation. Cela les a bien fait rire. Mais Isidore a fini par me répondre:

— En effet, c'est un pays neuf que nous allons bâtir!

Sa réponse m'a laissée un peu songeuse. Bâtir un pays neuf veut parfois dire se battre contre ceux qui ne veulent rien changer...

Mais ils continuaient à causer entre eux, parlant de Chouayens, Bureaucrates, etc. Voyant que je ne les comprenais pas, François a défini ces termes pour moi. Lors d'une élection, il y a deux partis en présence. Les Patriotes qui ont à cœur les intérêts du peuple s'opposent à un rassemblement qui comprend d'abord les Anglais, puis les Constitutionnels qui veulent changer la Constitution en douceur, puis les

Bureaucrates qui travaillent pour le gouvernement ou qui l'appuient par intérêt ou stupidité et enfin, ceux que l'on surnomme couramment les Chouayens. Ce terme veut dire lâche ou froussard. C'est une insulte des plus méprisantes de se faire traiter de chouayen.

Vraiment, les Patriotes font face à un groupe assez imposant pour réussir à bâtir un pays neuf sans heurts ni violence. À cette idée, je me mis à frissonner. Ils crurent que j'avais froid, et décidèrent de rentrer. Amélie et les autres jeunes hommes étaient déjà loin en avant sur le chemin du retour. Mais je n'en avais cure.

Accrochée au bras de mon frère, j'écoutais leur conversation avec satisfaction. Je venais de découvrir la clé secrète pour pénétrer dans leur univers. Le monde des hommes ne m'était plus aussi hermétiquement fermé. Le voile se lève un peu sur un thème qui me tient tellement à cœur: ma patrie...

En revenant à la maison, j'étais ravie et radieuse. Amélie remarqua mon changement et me demanda aussitôt lequel de mes compagnons de marche m'avait fait des avances. L'idiote! Elle ne comprend vraiment rien à rien. Je me contentai de sourire et de lui dire:

— Je ne comprends vraiment pas de quoi tu parles. Ils ne m'ont rien dit de tel.

Mon mutisme l'a beaucoup déçue. Mais cela lui fera quelque chose pour jongler après mon départ.

Après avoir pris un bon repas chaud chez M. Desrivières, repas auquel la famille Hubert avait été conviée, nous sommes revenus à Saint-Antoine avant la nuit tombée.

Ce fut une belle journée. J'ai appris tellement de choses aujourd'hui. Isidore et François sont des jeunes hommes tellement intéressants à écouter. Julien est un peu plus jeune qu'eux, pourtant il semble avoir un certain ascendant sur ses amis. Il faut dire qu'il est tellement sérieux. Oh! il n'est pas triste, il aime bien rire. Mais il fait plus vieux que son âge par sa maturité, son sérieux et ses attitudes posées et réfléchies.

Avant de les quitter, Isidore et François ont promis de venir nous visiter avant le printemps. J'ai été très impressionnée par eux. Quand ils parlaient, ils me regardaient souvent dans les yeux. Je crois qu'ils voulaient s'assurer que je comprenne bien.

J'ai été très étonnée quand ils m'ont baisé la main juste avant de prendre le bac. Personne ne m'avait jamais fait de baisemain avant.

Mais Mère se fait sûrement des illusions sur la signification de ce geste. Il s'agissait d'une simple politesse, rien de plus. Elle se trompe quand elle dit:

— Tu commences à avoir des prétendants. C'est très bien de prendre exemple sur ton amie, Amélie. Tu n'es plus une enfant, maintenant. Il va falloir que tu songes à préparer ton trousseau de jeune fille...

Pauvre Mère, elle se fait des idées et elle risque d'être déçue. Isidore et François ont sûrement plein de jolies filles bien plus intéressantes que moi à courtiser. À côté d'elles, je me sens toujours comme un canard boiteux.

C'est tout de même très agréable de recevoir des petites attentions comme celle-là... J'ai hâte qu'ils viennent nous visiter...

— Elle est bien sérieuse, cette Rosalie, s'exclame Nicolas qui s'est tu avec beaucoup de difficulté durant la lecture.

— Je trouve qu'elle fait pitié. Elle s'imagine qu'elle ne plaît pas aux garçons.

— Pourtant, elle est très jolie. Tu te rappelles son portrait. Elle avait de beaux grands yeux, un visage délicat, mais l'air un peu trop sérieux.

— Non, pas un air sérieux, rectifie Mijanou, un air triste. Je crois qu'elle devait être malheureuse et se sentir incomprise par ses proches.

— Si tu te mets à analyser toutes ses pensées secrètes, on n'a pas fini. Moi, ce que je trouve le plus intéressant, c'est le côté politique de son histoire. On dirait qu'une vraie petite guerre se prépare.

— Ne sois pas ridicule. Il n'y a jamais eu de guerre au Québec!

— Tu en es bien certaine? Demain, je vérifierai avec le professeur d'histoire. En attendant, j'ai faim. Ça sent le poulet rôti. On continuera la lecture jeudi.

45

Et sans plus attendre, il dévale l'escalier pour se précipiter dans la cuisine. Mijanou range soigneusement le journal, tout en songeant aux joies et aux peines de Rosalie.

# 4

## Amitié et amour

ASSISE SUR L'ESTRADE, MIJANOU fixe son frère. Le geste vif et alerte, il frappe à coup sûr la petite balle blanche qui rebondit vivement. Malgré le grand nombre de spectateurs, c'est le silence ou presque. On n'entend que le «poc» sonore de la balle touchée par la raquette et les murmures d'approbation de l'assistance.

La partie est chaude: 19 à 20 en faveur de Nicolas. Son adversaire est tenace, il le talonne de près. Il pourrait bien faire les trois points qui le séparent de la victoire...

Mais Nicolas n'abandonne pas. Il se concentre très fort sur son jeu. Le service est à lui. Il prend une grande respiration et s'élance brusquement, à la grande surprise de l'autre concurrent qui rate la balle.

La foule se lève d'un bond, crie, applaudit. Nicolas a fait le point gagnant. Il est le grand champion de ping-pong de la polyvalente.

Mijanou se sent très fière de son frère. Elle voudrait bien le féliciter, mais il y a tellement de jeunes qui se pressent autour de lui, qu'elle juge plus à propos d'attendre un peu.

D'ici quelques minutes, le calme sera revenu et elle sera plus tranquille pour lui parler.

— Félicitations, Nic tu es un pro! lui lance-t-elle enfin en l'embrassant. Ce fut une rude partie.

— Oui, ça n'a pas été facile. Tu as vu la façon qu'il avait de frôler les limites du jeu. Mais, moi aussi, je peux en faire des coups de ce genre.

Et voilà que Nicolas s'engage dans une description minutieuse de chacun de ses bons coups. Évidemment, il n'oublie pas de mentionner que chaque point de l'adversaire est dû à la chance... Mijanou, qui le connaît bien, se contente de hocher la tête avec un sourire en coin.

Elle sait que son frère en a pour au moins quinze bonnes minutes à s'extasier sur sa victoire et son habileté. Elle attend donc sagement qu'il soit plus calme pour le questionner.

— As-tu vu le professeur d'histoire?

— Non, pourquoi?

— Tu devais lui demander des explications au sujet d'une guerre au Québec.

— Oh, oui! C'est vrai. Bien... J'ai pas eu le temps.

— Bon, dans ce cas-là, je m'en occupe. J'essaierai de le voir demain. Salut! N'oublie pas après la classe dans ma chambre.

— Voyons, ai-je l'habitude d'oublier des choses, lui lance-t-il en riant.

○

Exacts au rendez-vous, les jumeaux, allongés sur le lit de Mijanou, se penchent sur le journal pour le déchiffrer.

**10 mars 1837**

Nous avons eu une belle surprise, aujourd'hui. Le photographe de Montréal est revenu nous porter les portraits qu'il avait pris de nous en décembre.

Je ne me rappelle plus très bien le nom de cet homme. Il s'agit d'un nom anglais ou plutôt irlandais assez difficile à prononcer. Son français est d'ailleurs marqué d'un fort accent. Il faut prêter beaucoup d'attention à ce qu'il dit pour bien le comprendre.

Je me souviens de la séance de pose. Heureusement qu'il ne faisait pas trop froid ce jour-là, car il nous photographiait dehors à cause de la lumière. Mère voulait absolument que je porte ma robe bleue au col de dentelle.

49

Je frissonnais tellement que j'avais de la difficulté à garder la pose. Chacun de nous a eu droit à un portrait en plus de la grande photographie de la famille réunie.

Les portraits sont très beaux. Je les regarde et j'ai la sensation qu'ils vont parler et bouger, tellement l'image a l'air vraie. Je trouve cela très impressionnant.

Julien dit que c'est une des grandes découvertes de ce siècle. Il dit même qu'ils vont perfectionner ces appareils à photographier pour que tout le monde puisse s'en servir. Nous n'aurions plus besoin de photographes.

Mon frère est fou, il a trop d'imagination. C'est impossible. Prendre une photographie, c'est beaucoup trop compliqué. Cela demande des appareils spéciaux, avec de grandes plaques. Il faut aussi que tout cela soit caché sous de grands voiles noirs. Et puis, le photographe travaille sur les plaques dans son atelier. Cela lui a pris trois mois pour nous rapporter les portraits.

Julien dit que ce n'est pas si long que cela. Le photographe attendait seulement de faire une tournée dans notre canton pour nous les remettre. Mais, tout de même, cela semble beaucoup trop compliqué pour que n'importe qui puisse le faire.

J'ai glissé mon portrait dans un joli cadre de bois doré et je l'ai accroché sur le mur au-dessus de mon secrétaire. Je trouve cela très beau, un portrait.

Nicolas ne peut s'empêcher de s'exclamer:

— Que d'histoires pour un portrait!

— Il faut comprendre qu'ils n'en étaient qu'aux balbutiements de la photographie, lui répond sa sœur en guise d'explication.

— Si elle voyait les appareils que nous utilisons aujourd'hui. Même un enfant de deux ans peut prendre une photo. C'est vrai que tout cela s'est passé, il y a 150 ans.

— Ça veut aussi dire qu'il n'y avait pas d'automobiles, pas d'avions, pas de téléphone, pas de moyens de communication. Il n'y avait que des bateaux, des chevaux, des carrioles et peut-être des trains.

— Des trains? se demande Nicolas. C'est probable, car dans les films westerns, il y en a.

Mijanou pouffe de rire devant cette explication scientifique. Puis elle retourne au journal:

**24 mars 1837**

Ce matin, Isidore Desrivières et François Hubert se sont arrêtés chez nous. Ils allaient en visite à Montréal chez le frère aîné de François qui est avocat là-bas. Ils ont décidé de demander à Julien de les accompagner. Père a donné son assentiment et ils sont repartis tous les trois après un copieux déjeuner.

Ils étaient bien pressés et tout excités par ce voyage de quelques jours. Je trouve Julien

51

chanceux d'avoir d'aussi bons amis. Ils s'entendent tellement bien ensemble.

J'ai remarqué chez Julien un changement dans son attitude envers moi. Il est plus ouvert. Il me parle plus qu'avant. Il a peut-être compris que je peux m'intéresser à autre chose qu'à des futilités.

Il m'a expliqué quelque chose de très important l'autre jour. Je ne comprenais pas très bien quel pouvoir les Canadiens ont au pays puisque ce sont les Anglais qui décident de tout.

Il m'a appris que nous avons une Chambre d'Assemblée dont les membres sont élus par le peuple. Même si cette chambre n'a pas beaucoup de pouvoirs, elle en possède un qui est très important. C'est elle qui vote les montants d'argent à remettre au Conseil Législatif et au Gouverneur. Ce gouverneur est un Britannique qui nomme lui-même les membres du Conseil Législatif. Ce conseil est donc rempli de ses amis qui ne pensent qu'à se remplir les poches d'argent.

Pour défendre les Canadiens contre ces abus, la Chambre refuse de voter les montants d'argent depuis quelques années. C'est le seul moyen de pression que l'on détient pour l'instant. Julien pense que les Anglais vont finir par céder et nous accorder ce que les Patriotes demandent dans leurs *Quatre-vingt-douze Résolutions*.

Ce jour-là, les Canadiens dirigeront et gouverneront eux-même le pays. Le Canada ne sera plus une simple colonie britannique, mais un vrai pays.

Julien et ses amis ne rêvent que de ce jour-là. Mais, moi, ça m'effraie. Mon sang se glace dans mes veines quand je songe à ce qui pourrait arriver si les Anglais refusaient. Oui, vraiment, j'ai peur...

— Peur? Il n'y a pas de quoi! Que veux-tu qu'il arrive? demande Mijanou.

— Tu ne comprends pas. C'est pratiquement une révolution qui se prépare. Si les Anglais ne leur donnent pas ce qu'ils désirent, les Canadiens le prendront par la force. Et c'est probablement ce qui est arrivé puisque aujourd'hui le Canada est un vrai pays, pas une colonie.

— Ça ne veut pas dire qu'il y a eu une révolution. Les Anglais ont peut-être compris et accédé à leurs demandes, lui objecte sa sœur.

— Alors, c'est qu'ils sont bêtes, car ils font de l'argent sur leur dos. Une colonie, ça sert à rapporter de l'argent aux colonisateurs, en l'occurrence aux Anglais.

— Ça ne veut toujours pas dire qu'il y a eu une révolution. S'il y en avait eu une, ça se saurait!

— Eh! bien, si tu veux le savoir, chère petite sœur, continue ta lecture.

**Premier avril 1837**

Julien est revenu hier après-midi, avec ses amis. Ils semblaient surexcités par les nouvelles qu'ils rapportent de Montréal. Ils y ont rencontré plusieurs amis du frère de François, tous des jeunes Patriotes.

Durant le souper, ils ont exposé à Père le plan d'action que propose le parti patriote pour appuyer leurs fameuses résolutions. Il faudrait boycotter tous les produits anglais d'importations pour priver le gouvernement de ses droits de douanes.

Les gens devraient s'habiller de vêtements fabriqués à partir d'étoffe du pays.

Mijanou ne peut s'empêcher de s'exclamer:

— Des vêtements en étoffe du pays! Ça ne te rappelle rien?

— Non.

— Réfléchis bien. Dans le grenier, ce costume étrange fabriqué en toile et en laine que l'on a trouvé au fond de l'armoire.

— Ah! oui. Crois-tu vraiment que ce soit ce genre de vêtements qu'ils portaient pour boycotter les produits d'importation?

— Je ne vois pas autre chose. Et puis, pour quelle autre raison aurait-on conservé cet habit?

— Je suis d'accord avec toi, soutient Nicolas. Mais je me demande si ce genre de lutte pacifique fut vraiment efficace.

— Attends, ce n'est pas fini, il y a d'autres moyens de pression, lui répond-elle en se remettant à lire.

Il ne faudrait boire que des boissons produites au pays. Il faudrait punir les Bureaucrates qui ont fait perdre leurs emplois à des ouvriers patriotes, en évitant d'acheter quoi que ce soit chez les marchands bureaucrates.

Père les écoutait sans rien dire, mais avec le sourire aux lèvres. Je crois que leur ardeur et leur enthousiasme à décrire tout cela l'amusait un peu. J'ai même cru voir un peu de nostalgie dans ses yeux. S'il était plus jeune, il se joindrait à eux. Je sais qu'il approuve entièrement ce qu'ils disent.

Pour Mère, c'est une autre histoire. Elle juge que tout cela ne sont que des balivernes. D'après elle, nous avons tout ce qu'il nous faut ici. Elle trouve que les jeunes s'enflent la tête bien inutilement et qu'ils courent au-devant des ennuis.

Je ne pense pas qu'elle comprenne très bien ce qui se passe. Elle se contente de vivre dans son petit univers (sa maison, son mari, ses enfants). Ce qui arrive en dehors de cela, n'existe pas pour elle.

C'est dommage qu'elle agisse ainsi parce que Père doit se sentir bien seul. Il aimerait peut-être discuter avec elle, mais elle ne veut rien savoir.

C'est pour cela sûrement qu'il est si proche de Julien. Tous les deux, ils s'entendent bien. Père regarde toujours mon frère avec beaucoup de fierté. Et il a bien raison.

Julien est un très beau jeune homme. Il est réfléchi et sensé. Il est aussi très intelligent et il a de plus un caractère poli et avenant. Moi aussi, je suis très fière de lui.

Je l'écoutais parler durant le repas. Il discute toujours d'une voix calme et posée. Il énonce ses arguments d'une façon logique. Il est tout le contraire d'Isidore qui s'enflamme à tout propos et qui gesticule beaucoup.

Celui-ci parle fort pour souligner ses idées, puis il baisse soudain le ton, comme pour faire une confidence. Cette façon qu'il a d'argumenter attire l'attention des gens, mais je ne le trouve pas vraiment plus intéressant que mon frère.

François, lui, ne parle pas tellement. Il écoute et passe quelques commentaires bien pensés.

Mais ce soir, il était plus muet qu'à son habitude. J'avais même l'impression qu'il évitait mon regard, mais qu'il m'épiait par en dessous quand je ne le regardais pas. Vraiment, il agissait bizarrement ce soir.

Il est parti très tôt, et je crois qu'il n'a pas salué Isidore. Peut-être est-il fâché avec lui? Ce serait dommage, ils sont de si bons amis.

Isidore est parti très tard, longtemps après que je suis montée à ma chambre. Je l'ai entendu saluer Julien et mon père pendant que j'écrivais.

L'air amusé, Nicolas susurre:

— Est-ce que l'ombre verte de la zizanie viendrait planer au-dessus de ces trois braves mousquetaires?

— Ne te moque pas d'eux. Et puis, les trois mousquetaires étaient quatre.

— En comptant Rosalie, nous arrivons à quatre.

— Pourquoi veux-tu qu'il y ait une brouille entre eux?

Nicolas réfléchit quelques secondes, sourit doucement et murmure, très fier de sa trouvaille:

— Comme on dit dans les films policiers: Cherchez la femme!

Mijanou, surprise par cette réponse, fixe son frère distraitement, puis hausse les épaules et soupire. Sans prendre la peine de lui répondre, elle retourne au journal.

**2 avril 1837**

Ce qui m'arrive est tout à fait incroyable. J'étais tellement loin de penser à une telle chose. Père lui-même est monté dans ma chambre ce matin pour me l'annoncer.

Habituellement, il ne vient jamais dans ma chambre et il laisse toujours Mère me parler quand il y a quelque chose d'important. Mais aujourd'hui, c'est différent, il tenait à me le dire lui-même.

Voilà ce dont il retourne. Avant son départ, hier soir, Isidore a demandé un entretien privé avec Père. Il lui a dit à peu près ceci:

— Votre famille et la mienne sommes en amitié depuis fort longtemps. Du temps que Thomas était vivant, lui et moi étions toujours ensemble. Aujourd'hui, je retrouve en Julien, tout ce qui me plaisait tant en son frère aîné.

«Dernièrement, j'ai découvert une autre raison d'aimer votre famille. Je veux parler de votre fille, Rosalie. Je ne l'avais pas rencontrée tellement souvent et, de plus, elle était fort jeune pour que j'y prête attention avant maintenant.

«L'autre jour, quand vous nous avez rendu visite à Saint-Denis, j'ai été agréablement surpris par votre jeune fille. Comment peut-on posséder tant de grâce et de charme et pourtant afficher autant de sérieux et de gravité? Je la trouve à la fois sage et gaie, réfléchie mais non froide.

«Oui, vraiment, monsieur, je serais le plus heureux des hommes si vous vouliez m'accorder la permission de lui apporter mes compliments.»

C'est Père lui-même qui m'a rapporté ces paroles. Il lui a répondu qu'il avait de l'admiration et une profonde affection pour lui et sa famille et que cela lui agréait. Mais il a aussi ajouté que mon opinion comptait beaucoup. Il ne pouvait donc pas lui assurer de ma part que cela se terminerait par un mariage. Il l'a tout de même invité à revenir et à tenter sa chance.

Quand Père m'a demandé ce que je pensais de cette proposition, je n'ai pas su quoi répondre. Je m'attendais si peu à une telle demande. J'ai haussé timidement les épaules et je lui ai dit d'une petite voix:

— Je ferai comme il vous plaira, Père. Mère doit être contente...

— Ce qui est important, c'est que toi tu sois contente, mon enfant. L'es-tu?

— Je... Je ne sais pas. Vraiment, je ne peux pas dire. Je trouve Isidore très gentil, mais je n'avais jamais pensé qu'il veuille m'épouser.

— Prends ton temps, mon enfant. Il n'y a rien qui presse. Je ne prendrai pas de décision sans que tu m'en parles d'abord.

Cher Père! Je suis bien contente qu'il soit venu lui-même m'annoncer la chose. Si Mère l'avait fait, elle aurait insisté pour que je dise oui, tout de suite. Maintenant, je vais avoir droit à d'interminables discours de sa part.

Elle voudra absolument me convaincre qu'Isidore est un excellent parti. Elle me donnera des tas de conseils sur la façon de l'attirer, de lui plaire. Mais, dans tout cela, elle oubliera le plus important: ce que je ressens vraiment...

À vrai dire, je ne sais pas quels sont mes sentiments pour lui. Je le trouve agréable, gentil, sympathique. Mais est-ce suffisant pour dire que c'est de l'amour? Je me sens dépassée par les événements.


Les yeux pétillants de malice, Nicolas annonce sur un ton victorieux:

— Je l'avais bien dit de chercher la femme. Je suis certain que le François est jaloux.

— Tu sautes un peu vite aux conclusions.

— Ma pauvre Mij, il faut regarder les choses telles qu'elles sont. Rosalie était une très belle

59

jeune fille et intelligente de surcroît. Il est normal qu'elle plaise aux hommes.

Quand elle veut lui répondre, ils entendent une voix qui les appelle d'en bas:

— Le souper est servi.

— Oui, maman, j'arrive, répond aussitôt Nicolas. Puis il ajoute pour sa sœur:

— J'imagine même qu'elle va repousser Isidore pour tomber dans les bras de François.

— Tu as beaucoup trop d'imagination!...

Mais déjà, son frère est parti. Il n'a jamais su résister à l'appel de son ventre.

# 5

## Amour et amitié

CONFORTABLEMENT ALLONGÉ sur la pelouse du parc, Nicolas se chauffe au soleil. L'après-midi est magnifique, il fait agréablement chaud pour la mi-septembre. Oui vraiment, ce n'est pas le moment de pourrir à l'intérieur.

Il est bien certain que sa sœur le comprendra et viendra le rejoindre ici. Il lui a laissé un message dans sa chambre pour qu'elle se rende au parc après sa séance de natation. Dehors, ils pourront lire le journal tout en faisant un pique-nique.

— Salut, lui lance soudain une petite voix qu'il connaît bien. Tu ressembles à un gros matou faisant la grasse matinée.

— Salut, Mij, lui répond-il en se relevant. Un peu plus, et je mangeais sans toi.

Et sans attendre, il engouffre un gros morceau de fromage.

— Je te reconnais bien là, s'exclame-t-elle en riant. Tu as eu une bonne idée de t'installer ici. Il y a un peu d'ombre et c'est un coin tranquille. J'ai une bonne nouvelle à t'annoncer.

— Vraiment! Qu'est-ce que c'est?

— J'ai été sélectionnée pour la compétition de natation de la semaine prochaine.

— Bravo!

Il s'empresse de l'embrasser sur les deux joues.

— Seulement, lui explique-t-elle, cela va nous poser un petit problème. Je ne serai plus aussi disponible pour le journal. Il faut que je m'entraîne un peu plus sérieusement. Demain, je ne suis pas libre.

— Tant pis, on se débrouillera pour lire plus vite.

Il avale à toute vitesse son lunch. Puis, pendant que Mijanou déguste à petites bouchées son repas, il entame la lecture.

### 13 avril 1837

Ce fut une journée bien agitée. Tellement de choses se sont passées aujourd'hui que je suis encore toute bouleversée.

Premièrement, Isidore est arrivé tôt cet après-midi. Il a causé un peu avec Julien et Père, puis il est sorti me rejoindre sur le balcon. J'y étais déjà assise sur une berceuse. Il s'est installé en face de moi, sur le bras de la galerie et il a abordé la conversation.

— Rosalie, est-ce que votre père vous a fait part de mes intentions à votre égard?

— Oui, lui ai-je répondu, terriblement gênée.

— Il n'est pas dans mon idée de vous bousculer, mais je désire me montrer honnête envers vous et vous exposer clairement ma situation. Vous savez que je suis étudiant en médecine. D'ici un an, j'aurai terminé mes études et je devrai songer à m'établir et à me former une clientèle. De plus, j'ai déjà 23 ans. Je suis en âge de me marier et de fonder une famille.

À cet instant, il s'est tu, a approché une chaise et s'y est assis près de moi. Il a alors continué d'une voix douce:

— J'aimerais bien me faire comprendre de vous. Je suis très sérieux en ce qui vous concerne. Franchement, vous me plaisez autant par votre physique que par votre caractère.

«Je sais bien que ce que je vous propose, n'est pas facile. Devenir la femme d'un médecin qui n'a pas encore fait ses preuves, n'a probablement rien de très encourageant. Je ne pourrai pas au départ vous offrir une belle demeure comme celle de votre père. Mais je suis travailleur et honnête. Je ne doute pas de pouvoir vous offrir une belle vie.

«Sincèrement, je crois que nous sommes faits pour nous entendre. Vous êtes une jeune fille sage et intelligente. De plus, j'ai l'impression que vous partagez mon point de vue sur la politique. Mais surtout, j'aime vous regarder et admirer vos beaux yeux. Je vous en prie, daignez jeter un regard bienveillant sur votre infortuné serviteur et répondez-moi!»

Nicolas ne peut s'empêcher d'émettre un sifflement admiratif:

— Il n'avait pas la langue dans sa poche, le bel Isidore. C'est tout un beau parleur.

— C'est vrai qu'il sait parler aux femmes. Un à zéro pour Isidore. Ton François devra faire des miracles s'il veut lui arracher Rosalie.

— Oh! mais la partie n'est pas encore gagnée. Attends, je vais te lire la réponse de notre arrière-grand-mère.

J'étais terriblement mal à l'aise pendant qu'il me parlait. Mais je pris une grande respiration, je levai les yeux et je lui répondis:

— Isidore, je vais vous parler franchement. Si quelqu'un me demandait de vous trouver des défauts, je ne le pourrais pas. Car, à la vérité, je n'ai de reproche d'aucune sorte à vous adresser. Je ne vous trouve que des qualités. Vous avez un caractère aimable et enjoué. Je sais aussi que vous faites de brillantes études et que votre père est très fier de vous pour cela.

«Seulement, je voudrais vous faire comprendre mon étonnement. Je suis une jeune fille bien peu instruite sur les sujets du cœur. Je vous crois sincère et je veux l'être aussi. Je ne sais pas si je vous aime d'amour. Ne croyez pas que je n'ai aucune sympathie pour vous. Au contraire, j'éprouve un certain plaisir à vous voir, à vous écouter parler. Mais je vous connais depuis si peu de temps.»

— Si ce n'est qu'une question de temps, rassurez-vous. Je vous en laisserai autant qu'il faudra. Je puis être un homme très patient, vous savez. Mais, du moins, je suis heureux de ne trouver en vous aucune antipathie à mon égard. C'est déjà un pas dans le sentier de l'amour. Et je ferai tout en mon pouvoir pour vous guider vers ce but. Si vous voulez bien m'en laisser la chance.

— Je le veux bien, Isidore. Vous êtes bien aimable.

Sans me laisser parler davantage, il prit ma main et l'embrassa sans dire un mot. Il avait l'air tellement heureux. Ses yeux brillaient et son sourire en disait long. En cet instant, je n'ai pu m'empêcher de l'admirer et de le trouver beau.

Ensuite, comme le temps devenait plus frisquet, nous sommes rentrés rejoindre mes parents et mon frère. J'ai alors vu dans les yeux de ma mère qu'elle entrevoyait déjà le grand jour de mon mariage. Cela m'a causé un certain désappointement. Je n'aime pas que l'on décide pour moi de ce que je ferai de ma vie.

— Tu vois que ce mariage n'est pas encore fait, annonce Nicolas d'un ton triomphant.

— Mais ça ne veut pas dire qu'elle va épouser François à la place. Et puis veux-tu me faire plaisir? Lis tout le texte sans t'interrompre. J'ai hâte de connaître la suite.

— À vos ordres, mon commandant, lui répond-il.

Pendant que je l'aidais à mettre la table pour le repas, Mère m'expliquait tous les avantages que j'aurais à épouser un jeune homme tel qu'Isidore. En vérité, je ne l'écoutais pas tellement. Mes pensées voguaient bien loin de ma mère.

Je songeais qu'hier encore, je n'étais qu'une petite fille ne pensant qu'à jouer. Il a simplement fallu qu'un jeune homme s'intéresse à moi pour que ma famille réalise que je suis devenue une jeune femme en âge de fonder un foyer...

Comme nous allions passer à table, François est survenu à l'improviste. Il avait l'air à la fois excité et choqué par les nouvelles qu'il apportait. Il brandissait d'une main un journal, tout en s'écriant que le gouvernement britannique se moquait de nous.

Père lui a offert un petit remontant et lui a demandé de nous expliquer clairement ce qui se passait. Cette attitude de François m'étonna beaucoup, car j'ai toujours cru que c'était un jeune homme très calme et discret. Il fallait qu'il juge la situation épouvantable pour s'énerver ainsi. Il a répondu à mon père:

— Il y a un mois, le gouvernement britannique a voté dix importantes résolutions qui permettent au gouverneur général de piger dans la caisse de l'État et d'y prendre à volonté tout l'argent qu'il désire. Et cela à partir du 10 avril. De plus, le Bas-Canada doit rembourser au gouverneur une somme de 142 400 livres sterling. C'est ce que nous devons paraît-il pour l'administration de la justice et du gouvernement.

Père eut l'air atterré quand il entendit cela. Julien, la tête basse, se taisait. Isidore tournait en rond comme un lion en cage et ne pouvait s'empêcher de dire:

— Ils ont perdu la raison ces Anglais. Cela s'appelle ni plus, ni moins que du vol. Ils légalisent le pillage pour mieux nous soumettre à leur volonté. Non, nos droits ne peuvent pas être bousculés aussi impunément. Cela veut aussi dire que nos *Quatre-vingt-douze Résolutions* ne seront jamais acceptées.

Ils étaient tous bouleversés par cette annonce. Mais Père, qui n'oublie jamais ses devoirs d'hôte, a invité François à souper.

Le repas s'est passé plutôt silencieusement. Chacun pensait aux troubles qui allaient peut-être survenir dans le pays après une telle infamie. Mais il y avait autre chose aussi, comme quelque chose de confus entre François et Isidore. Même Julien n'avait pas l'air très à l'aise quand il les regardait.

Ensuite, tout s'est passé très vite. Nos invités nous ont salués. Et Julien les a accompagnés un peu sur le chemin qui mène au bac. Par la fenêtre de ma chambre, je les observais, mais je ne pouvais les entendre.

François et Isidore se faisaient face, se toisaient presque. Julien semblait essayer de les calmer. Cela a duré un certain temps. Par moments, François tournait carrément le dos à Isidore qui gesticulait beaucoup.

Puis Julien les calmait, posait ses bras sur leurs épaules. Il les rapprochait comme s'il cherchait à les réconcilier. Finalement, Isidore a tendu la main à François qui a hésité un instant avant de la serrer et de lui faire l'accolade.

Julien est resté quelques minutes au milieu du chemin à les observer qui s'éloignaient. Puis il est rentré et est allé à sa chambre. Je n'ai pu résister à la tentation de le rejoindre pour lui demander ce qui était arrivé.

Il m'a regardé d'un air doux durant quelques secondes, puis m'a répondu en me tenant gentiment les mains:

— Ma pauvre Rosalie, il faut que tu sois bien innocente pour ne pas voir ce qui saute aux yeux de tout le monde.

— Mais quoi donc?

— François et Isidore sont tous les deux amoureux de toi!

Cela m'a donné un grand coup. Je regardais mon frère les yeux grands ouverts, muette d'étonnement. Il s'est mis à rire de moi. Je lui ai dit ma stupéfaction:

— Julien, cela n'a aucun sens. Comment peuvent-ils tomber amoureux de moi? Je ne suis pas si attirante que cela. Je me trouve même plutôt moche.

— Qu'est-ce que tu vas imaginer là? Tu es au contraire très jolie. Qui a bien pu te mettre une idée pareille en tête?

— Les autres filles, elles, me trouvent vilaine parce que je ne suis jamais attifée comme elles. Si je me compare à Amélie, je ne suis qu'un vilain petit canard.

— N'oublie pas que le vilain petit canard est devenu un magnifique cygne. Ne pense pas à Amélie. Elle est sûrement jalouse de toi parce que tu n'as pas besoin d'artifices pour être belle. Elle est artificielle, toi tu es vraie. C'est ce qui plaît tant à mes amis.

— Mais je ne veux pas qu'ils se battent et rompent leur amitié à cause de moi.

— Ne crains rien, ils ont fait la paix. Ils se feront une lutte de gentilshommes pour toi. Ils ont promis d'accepter ta décision, ton choix quand tu seras prête à le faire. Maintenant, va te reposer.

Malheureusement, je ne parviens pas à dormir. Je suis anxieuse pour mon avenir et aussi pour ce qui se trame dans le pays. Il paraît que le temps arrange bien des choses, laissons-le donc agir...

Devant le silence soudain de son frère, Mijanou se sent forcée d'avouer:

— Tu as peut-être raison. Entre les deux, son
cœur balance. Mais j'ai un faible pour Isidore, il
semble beaucoup plus attirant.

— Ne repousse pas le pauvre François, il est
simplement un peu timide. Il y a beaucoup de
femmes qui aiment ce genre-là.

— Prêches-tu pour ta paroisse?

— Je ne suis pas un timide, moi! Bon, je
poursuis.

### 8 mai 1837

J'ai passé une journée excitante hier. Il y avait
une assemblée de Patriotes à Saint-Ours. J'y
suis allée avec mes parents, mon frère, Isidore
et François. Père lui a accordé à lui aussi la
permission de venir me visiter. Je crois que ça
l'amuse et que ça flatte son orgueil de voir deux
prétendants courtiser sa fille.

Habituellement, ils me visitent chacun leur tour
pour passer un agréable après-midi avec moi.
Mais hier, ils ont décidé que cette assemblée
était tellement importante qu'il fallait y aller tous
ensemble.

Saint-Ours se situe assez près de mon village,
juste un peu plus haut sur le Richelieu. Le
voyage en buggy ne fut pas très long et il faisait
tellement beau que c'était un enchantement.

70

Le village de Saint-Ours était grouillant de monde. Tous ces gens venaient d'un peu partout, même de Montréal et des villages plus au nord.

Accrochées au mur des maisons, on pouvait voir de grandes banderoles avec diverses inscriptions: «À BAS LE CONSEIL», «HONTE AUX BRITANNIQUES», «HONTE AUX TYRANS», «LUTTONS CONTRE L'OPPRESSION». Il y en avait tellement que je ne puis me les rappeler toutes.

Tout le monde parlait fort et chantait à tue-tête des chansons exhortant le peuple à ne pas se laisser faire. C'était étourdissant. Cela ressemblait à une gigantesque foire. Il régnait là une atmosphère de fête et de réjouissance.

Tous étaient venus pour se faire dire comment se défendre contre l'attitude du gouvernement. Quand les orateurs furent prêts, ils demandèrent le silence et commencèrent leurs exposés. Trois hommes ont parlé, le docteur Nelson, le docteur Côté et M. Marchessault (un instituteur).

Je ne me souviens pas exactement de leurs discours, d'ailleurs je trouvais qu'ils disaient à peu près la même chose. En gros, ils énonçaient ceci:

— il y a violation des droits du Bas-Canada;
— ce gouvernement est méprisable et indigne de respect;
— le peuple ne peut compter que sur lui-même;

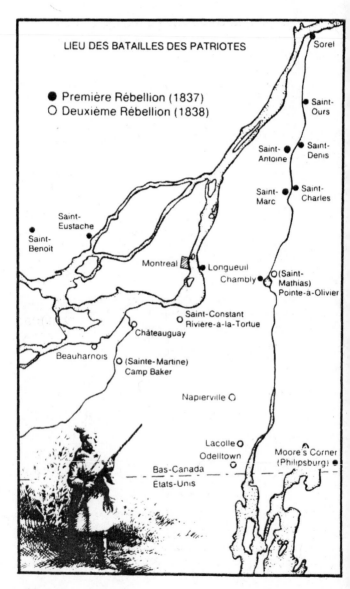

LIEU DES BATAILLES DES PATRIOTES

● Première Rébellion (1837)
○ Deuxième Rébellion (1838)

Sorel

Saint-Ours

Saint-Antoine ● Saint-Denis ●

Saint-Marc ● Saint-Charles ●

Saint-Eustache ●

Saint-Benoit ●

Montreal ● Longueuil
Chambly ● ○ (Saint-Mathias)
Pointe-a-Olivier

Saint-Constant ○ Riviere-a-la-Tortue

Châteauguay ○

Beauharnois ○

○ (Sainte-Martine)
Camp Baker

Napierville ○

Lacolle ○
Odelltown ○

Moore's Corner ● (Philipsburg)

Bas-Canada
Etats-Unis

72

— le peuple s'abstiendra d'acheter des produits importés, comme le thé, le tabac, les vins, le rhum, certains tissus, pour priver le gouvernement de ses droits de douanes.

Ils recommandaient aussi de former une association dont les membres s'engageraient à ne consommer que des produits fabriqués au pays ou des produits provenant de la contrebande.

À chaque proposition, la foule applaudissait, lançait de grands cris. Il y avait aussi des musiciens qui jouaient des airs fort entraînants. Cela mettait des fourmis dans les jambes de plusieurs. J'ai longtemps dansé avec Isidore et François, au milieu de la rue. Nous avons aussi pique-niqué sur l'herbe.

Tout cela était extrêmement excitant. Je n'avais jamais rien vu de pareil. Toute cette ambiance insufflait dans le cœur et dans l'âme des sentiments patriotiques d'une force incroyable.

Le peuple vient de poser le pied sur un chemin inconnu qui le mènera où? Vers la victoire ou vers sa perte? Je me le demande et cela m'effraie un peu. Je crois que je ne suis pas la seule à être inquiète. Tous ces gens qui se tiennent ensemble, qui parlent fort, qui s'enflent la tête de chansons, ils font tout cela pour se donner du courage et chasser la crainte...

Heureusement, il y avait mes deux chevaliers servants pour m'empêcher de songer à cela. Je n'ai jamais vu deux hommes se démener autant pour faire plaisir à une femme.

C'était à qui des deux me trouverait la meilleure place pour que je ne rate rien du spectacle. Qui me donnerait la main pour m'aider à descendre du buggy. Qui le premier m'offrirait un rafraîchissement. Qui m'expliquerait le mieux les discours des orateurs. Qui danserait le plus longtemps avec moi...

Vraiment, s'ils n'étaient pas aussi sincères dans leur affection, ils seraient risibles. J'ai d'ailleurs remarqué que Julien détournait souvent la tête pour sourire sans être vu...

Je les trouve très gentils tous les deux. Mais combien de temps vais-je pouvoir vivre avec deux princes charmants à mes trousses? Surtout qu'ils risquent de se jalouser de plus en plus et de devenir ennemis peut-être!

Si Amélie était à ma place, elle en profiterait sûrement pour exploiter la situation en se moquant pas mal de ses amoureux. Mais je ne suis pas comme elle. Je ne veux pas gâcher une si belle amitié.

Il n'existe qu'une seule solution à ce problème: je dois me décider et faire un choix au plus vite. Mais c'est tellement difficile. Je les aime bien tous les deux. Mais pour lequel puis-je éprouver ce quelque chose de plus qui me poussera à l'épouser?

Je ne sais pas encore.

— Ça se corse à tous les points de vue, confie Nicolas à sa sœur.

— Oui, pendant que les deux amoureux se retrouvent nez à nez pour le cœur de la belle

Rosalie, il y a une petite révolution qui semble se préparer.

— Ça me rappelle que tu devais aller voir le professeur d'histoire.

— Je l'ai vu, mais il n'avait pas le temps de me parler. Il m'a dit de retourner le voir mercredi à midi. Alors, il m'expliquera tout cela en détail.

— Zut! C'est tout de suite que j'aurais aimé savoir.

— Eh bien! remets le nez dans le journal. Rosalie va peut-être te donner elle-même l'explication.

### 16 juin 1837

Il y a une réunion d'amis de mon père et de mon frère dans le salon. Ils sont plusieurs hommes, jeunes et moins jeunes, à discuter de ce qui s'est passé hier.

À Montréal et dans plusieurs autres villages, le gouverneur a fait placarder sur les murs des places publiques une proclamation ordonnant au peuple de ne pas assister aux réunions «séditieuses» des Patriotes, et ordonne aussi aux magistrats et officiers de la milice de les empêcher par tous les moyens.

Il faut bien avouer que, depuis l'assemblée de Saint-Ours, il y en a eu plusieurs autres un peu partout dans le pays: à Saint-Laurent, à Saint-Hyacinthe, à Sainte-Scholastique, à Saint-Marc et ailleurs.

Ces assemblées sont très courantes parmi le peuple. Julien et ses amis sont allés à plusieurs d'entre elles. Ils voulaient voir et entendre des grands hommes comme M. Papineau, M. Chénier, M. Perreault, M. Lafontaine. Ils m'ont raconté ces réunions et, à vrai dire, elles se ressemblent toutes. Il y a de la musique, des discours et des banderoles aux maisons.

Il y a même des gens qui courent les assemblées dans l'espoir de faire de l'argent, comme certains marchands de nourritures, de boissons, de souvenirs plus ou moins patriotiques. Julien a même vu le photographe de Montréal qui attirait les clients désirant un souvenir de leur présence à la réunion.

De ma chambre, j'entends les éclats de voix des hommes qui discutent en bas. Je ne crois pas qu'ils vont se soumettre à cet édit. J'ai plutôt l'impression qu'ils vont le défier et se réunir encore plus souvent. Ils parlent même d'une réunion à Montréal.

Oui, l'avenir s'annonce assez mouvementé. Je n'ai pas vu Isidore et François tellement souvent ces derniers temps. Ils sont toujours partis pour une assemblée ou un rassemblement patriotique. Dans le fond, cela m'arrange, car je n'arrive toujours pas à me décider.

**15 juillet 1837**

Il y a de plus en plus d'assemblées dans le pays. Les Patriotes n'ont pas l'intention de se laisser faire. Les affiches du gouverneur ne résistent pas longtemps. Dès qu'elles sont posées, il y a quelqu'un qui les arrache et les déchire.

Évidemment Julien, François et Isidore se promènent d'une assemblée à une autre. Ils parlent même de former un regroupement de jeunes Patriotes. Ils vont souvent à Montréal pour en discuter.

Isidore m'a conté une bonne histoire qui a eu lieu la semaine dernière à Sainte-Scholastique. Depuis quelque temps les Bureaucrates encouragent les gens à dénoncer les actions des Patriotes. Et, dans ce village, les deux frères Joseph et Eustache Cheval ne se gênent pas pour trahir leur prochain.

Pour les punir, certains patriotes ont décidé de leur servir un charivari à leur façon. C'est-à-dire qu'ils se sont rendus en pleine nuit autour de leur maison et qu'ils ont cherché à faire le plus de vacarme possible en tapant sur des poêles, des chaudrons, des casseroles et en criant très fort. De plus, ils ont lancé des cailloux sur la maison, brisant ainsi plusieurs vitres.

Puis, ils ont poussé le bétail sur les récoltes pour les piétiner. Et enfin, ils ont coupé la crinière et la queue de tous les chevaux. Ils ont averti les frères Cheval que, s'ils ne changeaient pas d'attitude, ils subiraient le même sort que leurs chevaux.

Les deux hommes avaient maintenant de quoi se plaindre réellement aux autorités. Le gouverneur a même promis une récompense de $400 pour l'arrestation des coupables. Mais personne n'a encore été arrêté.

À voir les yeux pétillants de malice de Julien, François et Isidore, je crois qu'ils étaient un peu pour quelque chose dans cette histoire.

Nicolas s'empresse de dire en riant :

— Il faut bien dire qu'ils savaient comment faire passer l'envie de trahir, ces Patriotes. Je te l'avais bien dit qu'il y aurait de l'action.

— Oui, il y a de l'agitation dans l'air. Que dit-elle d'autre ?

— Attends. Elle écrit :

**15 août 1837**

Partout, dans toutes les églises du pays, il y a du chahut. Cela a rapport avec la mort du vieux roi d'Angleterre. C'est sa petite-fille, Victoria, qui a été proclamée officiellement reine, la semaine dernière.

Dans certaines églises, les cloches ont sonné à toute volée, comme pour le jour de Pâques. L'évêque de Montréal a émis un mandement exigeant qu'un *Te Deum* soit chanté dans toutes les églises pour marquer l'événement.

Mais les Patriotes s'y opposent. Ils sortent des églises en protestant à haute voix. Ils empêchent les sacristains de sonner les cloches.

Dès qu'un curé prononce le nom de la reine Victoria, il voit son église se vider.

Si Père s'amuse beaucoup de tout cela, il n'en va pas de même pour Mère. Elle est toute bouleversée par ce qui arrive. Elle ne cesse de dire que ça n'a aucun sens, que tout le monde devient fou. Pauvre Mère, elle accepte très mal ces chambardements!

Elle a même failli s'évanouir, l'autre jour quand mon frère et ses amis sont revenus de Montréal. Ils étaient tous les trois vêtus d'étoffe du pays. François était le plus élégant des trois. Tous ses vêtements, la redingote, la veste et le pantalon étaient fabriqués dans une toile rayée bleu et blanc. Il portait même un vieux chapeau de paille probablement volé à un épouvantail.

Isidore arborait une veste et un pantalon de toile grise garnie de noir qui lui seyait, ma foi, fort bien. Julien avait une veste rayée bleu et blanc et un pantalon gris, le tout fait d'étoffe du pays.

Ils avaient l'air tellement polissons tous les trois à se promener ainsi accoutrés, bras dessus, bras dessous. De plus, ils chantaient des petits airs patriotiques assez fort pour ameuter tout le village.

Ils m'ont bien faire rire ce jour-là. Ils n'arrêtaient pas de se moquer des Bureaucrates, de raconter toutes sortes d'histoires drôles. Je ne savais pas que François pouvait être aussi amusant. Lui qui parle si peu habituellement, il ne tarissait pas d'anecdotes à conter.

Isidore aussi sait bien conter les choses mais, chez lui, ça semble tellement naturel. Nous avons passé tout l'après-midi installés dehors devant la maison, au grand désespoir de Mère qui aurait préféré les cacher au fond d'un placard. Leur présence lui faisait honte.

Pourtant, moi, j'étais très fière d'eux. Ils démontraient par leur geste que les belles paroles ne suffisent pas. Il faut aussi passer à l'acte. En s'habillant ainsi, ils combattaient le gouvernement à leur manière. Ils ont promis de rester ainsi vêtus tant et aussi longtemps que le gouvernement ne reviendra pas sur sa décision.

Vers la fin de l'après-midi, ils se sont intéressés au fusil de chasse de Père et ont installé une cible pour pratiquer le tir. Isidore a profité d'un moment d'inattention de François pour m'offrir un cadeau. Il s'agit d'une perle de verre blanche accrochée à un joli ruban de velours bleu foncé. Il a insisté pour que je le porte aussitôt.

Je pouvais difficilement refuser, même si je savais que François ne serait pas content. À ma grande surprise, il n'a rien dit et a continué à tirer. Mais, avant son départ, il m'a clairement fait comprendre que je devrais choisir bientôt. Il trouve qu'il a suffisamment attendu et que ça ne peut durer ainsi éternellement. Alors, j'ai promis de donner ma réponse dans un mois, le 15 septembre. Je ne savais pas quoi dire d'autre...»

— Pauvre Rosalie, lance Mijanou. Après quatre mois, elle ne sait toujours pas lequel choisir!

— Elle aime peut-être faire durer le plaisir.

— Je ne pense pas que cela lui fasse plaisir.
Ce n'est pas son genre de se faire désirer ainsi.
Elle tient seulement à être bien certaine de son
choix. À l'époque, tu te mariais pour de bon, les
divorces étaient plutôt rares.

— Je continue à lire, j'ai hâte de savoir qui va
gagner le cœur de Rosalie.

### 15 septembre 1837

François et Isidore sont venus nous voir aujour-
d'hui. Je ne les avais pas vus depuis un mois.
Avec Julien, ils étaient partis à Montréal pour la
création d'une association de jeunes Patriotes.

Ce regroupement s'appelle «Les Fils de la
Liberté». La semaine dernière, ils ont tenu leur
première assemblée à l'hôtel Nelson, sur la
place Jacques-Cartier à Montréal. Il y avait des
discours prononcés par M. Nelson et d'autres
orateurs. Une musique militaire soutenait l'enthousiasme des participants. Ensuite, ils ont fait
une grande parade dans les rues, musique en
tête, jusqu'aux maisons de M. Papineau et de
M. Viger qui les ont félicités chaleureusement.

Leur organisation est à moitié civile et à moitié
militaire. Une partie du groupe travaille au pro-
grès de la cause patriotique par des discours et
des écrits, tandis que l'autre se prépare par la
force des armes à la conquête de notre indépendance.

Les Fils de la Liberté promettent de se consacrer à l'étude de la politique, à encourager l'industrie nationale et à servir leur pays. Ils paradent régulièrement dans les rues de Montréal avec des bannières et de la musique. Ce qui les préoccupe le plus, c'est leur manque d'armes. Ils ont tout ce qu'il faut pour être de bons soldats, sauf des armes.

Ils sont tous surexcités par ce qui se passe, autant Père que les jeunes. Moi, je ne me suis pas mêlée à leur conversation. Mais je n'ai rien perdu de ce qu'ils ont dit. J'essayais de ne pas penser à ce que je devais leur apprendre.

Ce ne fut pas facile. Vraiment, j'en avais le cœur brisé. Je me suis finalement décidée et je suis allée m'assoir sur le balcon. François et Isidore n'ont pas tardé à me rejoindre. Ils se sont installés tout près de moi appuyés sur la rampe.

J'ai rassemblé mon courage pour leur réciter ce que je me répétais depuis ce matin:

— Messieurs, je vous connais tous les deux depuis déjà longtemps. Avant même de daigner me considérer comme une possible épouse, vous étiez les meilleurs amis de mon frère. Déjà, alors que j'étais beaucoup plus jeune, vous veniez ici partager les jeux de mes frères et vos parents fréquentaient les miens.

«Cette longue amitié entre nos familles me rend la tâche de vous répondre beaucoup plus pénible. J'éprouve à votre égard, autant pour vous, François, que pour vous, Isidore, une tendre affection.

«Je me sens toujours heureuse à l'annonce de votre visite. De la fenêtre, je guette votre arrivée, comme on surveille la venue d'un événement agréable. Il est vrai que je ressens un certain bonheur en votre présence.

«Mais si j'examine minutieusement cette joie, je la compare facilement à celle que j'éprouve quand je vois mon frère.

«Ce que je voudrais vous faire comprendre, malgré ma grande maladresse, c'est que l'affection que je vous porte est celle que l'on doit à un frère, à un ami.

«Je ne trouve pas en moi l'amour qu'une femme se doit d'avoir pour un époux. Je sais que je suis très malhabile à expliquer ces choses, mais je crois sincèrement que, si j'épousais l'un de vous deux, je serais incapable de le rendre heureux.

«Je ne puis malheureusement épouser aucun de vous, mais je souhaite que vous gardiez au fond de vous un peu d'amitié pour moi. Tenez, Isidore, reprenez votre cadeau, je ne peux le garder. Il ne m'appartient pas.»

Je me suis alors levée pour rentrer dans la maison. Ils n'ont rien dit. Ils n'ont pas cherché à me retenir. François, la tête basse, fixait obstinément ses souliers. Isidore caressait nerveusement le petit ruban de velours. Moi, je suis rentrée très vite et j'ai couru à ma chambre. Et j'ai pleuré, j'ai longtemps pleuré.

Pourquoi? Pas parce que je viens de perdre deux amoureux, je n'ai jamais vraiment eu d'amour pour eux. Parce que je risque de perdre des amis. Voudront-ils me parler après cela? Et puis, il y a autre chose qui m'attriste. Puis-je aimer d'amour un homme?

J'avais pourtant deux magnifiques prétendants, et j'ai été incapable de ressentir pour l'un ou l'autre ce merveilleux sentiment. J'entrevois avec une certaine appréhension le sort que l'on réserve aux jeunes filles incapables d'aimer et d'être aimée. Je ne me sens aucune attirance pour la vocation religieuse...

Mijanou passe ce commentaire:

— Les jeunes filles de l'époque n'avaient pas grand-choix: ou tu te maries, ou tu te fais religieuse... Vivement la libération de la femme.

— J'avoue que ce n'est pas très gai comme solution de rechange, mais il est aussi question dans son récit d'une autre libération, celle de la colonie, lui fait remarquer Nicolas.

— Elle parle d'un regroupement militaire. Mais ils n'ont pas d'armes. Comment pourraient-ils se battre avec des bâtons ou des fourches?

— Aucune idée. Tout ce que je sais, c'est qu'il est déjà 16 heures et que j'ai promis à papa de tondre le gazon, aujourd'hui. Je rentre, on continuera la lecture mardi.

# 6

## Victoire

MIJANOU ATTEND AVEC IMPA-tience que son frère vienne la rejoindre dans sa chambre. Depuis trois jours, elle se languit de connaître la suite. Enfin, il est là et elle commence sans même lui dire bonjour.

**15 octobre 1837**

Je ne les ai pas revus depuis l'autre jour. Avec Julien, ils passent la plus grande partie de leur temps à Montréal. Ils ne pensent qu'aux Fils de la Liberté. Ils paradent et étudient l'art militaire. Ils font des discours et écrivent des textes enflammés où il n'est question que de la liberté de choisir un gouvernement de leur choix.

Ils s'enflent la tête et le cœur de belles paroles. Ils croient fermement qu'une séparation est commencée entre la mère patrie et la colonie.

Ils déclarent être prêts à agir quand les circonstances le requerront... Ils ne rêvent que de batailles.

De son côté, Père agit à sa façon. Partout dans le pays, des officiers de milice et des magistrats ont été destitués de leur fonction parce qu'ils étaient favorables aux Patriotes.

Pour contrer cette décision du gouvernement, les Patriotes ont élu, dans chaque paroisse, leur propre juge de paix. Père est l'un de ceux-là.

Les gens du village le connaissent bien et ont confiance en lui. Ils lui ont aussi demandé de prendre le commandement d'un groupe de volontaires prêts à s'exercer au maniement des armes.

Comme c'était écrit la semaine dernière dans le journal, je crois que la révolution commence. Je n'ai plus peur. Ce qui doit arriver arrivera! Nul ne peut s'opposer au destin d'un peuple.

Cela m'étonne un peu, mais Mère a changé. Père lui a parlé longuement. Elle semble maintenant approuver tout ce qu'il dit et ce qu'il fait. Le plus bizarre, c'est qu'elle n'a pas réagi quand elle a su ma réponse à mes deux prétendants. C'est tout de même étonnant, elle tenait tant à ce que je me marie. Elle doit probablement croire que ce n'est pas une époque pour penser à un mariage.

Personnellement, je me sens beaucoup plus calme depuis le 15 septembre. Je ressens comme un soulagement. Je n'ai plus de poids à porter. Mon cœur est libéré et je ne m'inquiète plus. J'ai pris la bonne décision. Je ne suis pas faite pour eux. Peut-être un jour, je trouverai un homme pour moi.

— Ils se dirigent vers une vraie guerre civile, à l'entendre parler, s'écrie Nicolas.

— Même son père dirige une milice. Si tout le monde se soulève contre le gouvernement, l'affrontement est inévitable. Dommage tout de même pour les deux princes charmants, aucun des deux n'a gagné le cœur de la belle.

— Laisse faire son cœur et lis, s'impatiente le garçon.

— O.K.

### 26 octobre 1837

Il y a trois jours, nous sommes allés tous ensemble à Saint-Charles pour une grande assemblée. Ça a duré deux jours. Il y avait là des représentants des six comtés environnants.

Père m'a dit qu'il y avait là l'élite des Patriotes du Bas-Canada. J'étais très impressionnée, surtout qu'il semblait connaître personnellement plusieurs de ces hommes: Ovide Perreault, Chénier, Cardinal, de Lorimier, etc.

La réunion avait lieu dans une grande prairie appartenant à un médecin de l'endroit. Une tribune était décorée de branches de sapin et de feuilles d'érable. En face, une colonne de bois peinte en blanc et or était surmontée d'un drôle de bonnet et d'une lance. Sur le bas, il y avait, inscrit en lettres d'or: «À Papineau, des citoyens reconnaissants». Il y avait aussi des pancartes et des drapeaux agités dans les airs.

Je n'avais jamais vu autant de monde et la plupart d'entre eux étaient vêtus d'étoffe du pays. J'ai vu François et Isidore. Ils m'ont seulement saluée de loin. J'ai très bien compris qu'ils ne voulaient pas me parler. Pour ne pas penser à eux, je me suis concentrée sur ce qui se passait autour de moi. Ce ne fut pas difficile, il y avait beaucoup à voir et à entendre.

La plupart des orateurs furent très violents et véhéments dans leurs discours. L'un d'eux a dit qu'il fallait répondre à la violence, par la violence. M. Papineau s'est montré un peu plus modéré dans ses paroles, ce qui a fait bondir de son siège le docteur Wolfred Nelson qui s'est écrié:

— Eh bien! moi, je diffère d'opinion avec M. Papineau. Je prétends que le temps est arrivé de fondre nos cuillères pour en faire des balles.

Ces paroles furent chaudement applaudies par la foule. Puis, d'autres orateurs ont pris la parole, mais celui qui impressionna le plus fut le docteur Côté. Il termina son discours par cette phrase:

— Le temps des paroles est passé, c'est du plomb qu'il faut envoyer à nos ennemis maintenant.

Il fut acclamé et salué par des hourras retentissants. Ensuite, ils ont fait des propositions affirmant les droits de l'homme et la nécessité de résister aux tyrans du gouvernement. Ils ont encouragé le peuple à ne pas obéir aux magistrats et aux officiers de gouvernement.

Chaque résolution était applaudie et accueillie par des cris frénétiques et une salve de mousqueterie. Cela dura jusqu'à très tard le soir.

Le lendemain matin, les délégués des Six-Comtés, comme on les appelle, se sont de nouveau réunis pour adopter les résolutions et pour discuter de la formation d'un gouvernement provisoire qui remplacerait le vrai gouvernement. Mais cela, Père a dit qu'il ne fallait pas en parler pour l'instant...

### 7 novembre 1837

Julien est revenu de Montréal aujourd'hui. Il a pris part à une sérieuse bagarre avec des membres du Doric Club, hier. Le Doric Club regroupe des jeunes fanatiques anglais qui portent des armes et cherchent à provoquer des émeutes et des désordres. Leurs actions sont souvent dirigées contre les Patriotes.

Quand ils ont su que les Fils de la Liberté devaient se réunir hier, comme à leur habitude, ils ont voulu les attaquer pour empêcher cette rencontre.

Les jeunes Patriotes étaient présents en grand nombre. Comme à l'ordinaire, il y avait des discours et des propositions anti-gouvernementales. Soudain, ils ont entendu de grands cris

89

dans la rue et des pierres ont commencé à tomber dans la cour où avait lieu l'assemblée.

Le Doric Club était responsable de tout cela et cherchait la bagarre. Les Fils de la Liberté prirent des bâtons et se mirent en rang de bataille, puis ils ouvrirent les portes de la cour et foncèrent.

Les Anglais s'enfuirent jusqu'à la Place d'Armes, poursuivis par les Patriotes qui les dispersèrent sans peine. Les Fils de la Liberté décidèrent donc de se séparer pour retourner chacun chez eux. Aussitôt après, la milice arriva pour faire cesser ces troubles et voulut s'en prendre aux Patriotes, mais la plupart étaient déjà partis. Seulement quelques retardataires furent ennuyés.

Cependant, les membres du Doric Club n'étaient pas satisfaits. Ils se cherchaient des victimes. Ils brisèrent les vitres de la maison de M. Papineau, puis ils saccagèrent l'imprimerie d'un journal pro-patriotique. Ils faillirent tuer à coups de bâton un des chefs des Fils de la Liberté, M. Brown.

Heureusement, Julien ne fut pas blessé dans cette bataille. Mais je ne crois pas que les choses en resteront là. Les miliciens n'ont rien fait contre les membres du Doric Club, pourtant ce sont eux qui ont provoqué le désordre et causé des dégâts. C'est à croire qu'ils s'étaient arrangés avec eux...»

— C'est certain que les soldats s'étaient arrangés avec les membres du Doric Club, s'insurge Nicolas. Mets-toi à leur place, c'est une excellente façon de se débarrasser des Patriotes que de les provoquer à la bataille pour ensuite tous les arrêter.

— Mais ça n'a pas réussi. Il n'y a pas eu d'arrestation. Écoute la suite.

### 17 novembre 1837

Ça y est! Le gouvernement a émis des mandats d'arrestation contre plusieurs chefs patriotes. Je m'en doutais déjà depuis un certain temps. Voilà déjà quelques jours que mon frère et des amis montent la garde chacun leur tour chez le docteur Nelson, à Saint-Denis.

Le docteur Nelson a décidé de ne pas suivre l'exemple de M. Papineau qui est allé se réfugier aux États-Unis, avec d'autres chefs. Le brave docteur croit au contraire qu'il faut rester et faire face aux soldats anglais.

La plupart des gens de Saint-Denis et des alentours sont prêts à lutter avec lui. C'est pour cela qu'ils surveillent sa maison, pour empêcher les soldats de l'arrêter.

Je sais que le président des Fils de la Liberté et cinq membres importants ont déjà été arrêtés. Mais, partout dans le pays, les forces patriotiques s'organisent.

Ce matin à Saint-Jean, un escadron qui escortait deux prisonniers patriotes a été attaqué. Bonaventure Viger, accompagné d'une dizaine d'hommes, leur a tendu une embuscade.

Debout sur une clôture, il criait, donnait des ordres comme s'il commandait à une centaine d'attaquants:

— En avant, les braves. Feu! à mort les Chouayens!

Grâce à cette ruse, ils réussirent à blesser plusieurs soldats et effrayèrent les autres à tel point qu'ils prirent la fuite. Ils ont pu ainsi délivrer les pauvres prisonniers.

C'est une première victoire sur l'ennemi. On dit que les soldats anglais vont partir de Sorel pour se rendre à Saint-Charles y rétablir l'ordre. Mais pour cela, ils doivent d'abord passer par Saint-Denis. Père affirme qu'ils y seront bien reçus, à coups de fusil.

Quand il parle de cela devant Mère, elle ne répond jamais, comme si elle n'entendait pas. Vraiment, je la trouve très bizarre. Elle s'enferme de plus en plus sur elle-même.

### 23 novembre 1837

Il est 8 h 30 du matin. Je sais que les troupes anglaises vont bientôt arriver. L'ancien curé de Saint-Denis, qui habite maintenant Sorel, nous a fait prévenir qu'ils veulent nous attaquer par surprise ce matin.

Mais ce sont eux qui auront la surprise. Nous sommes prêts à les recevoir. Depuis deux jours, des hommes ramassent toutes les armes, vieilles ou neuves, qui se trouvent chez les habitants: fusils de chasse, vieilles armes de guerre, piques, sabres, etc. Tout est bon!

On coule des balles et fabrique des cartouches. On a même bouché le chenal de la rivière en faisant couler au fond un bateau à l'endroit le plus creux.

La maison de la veuve Saint-Germain est devenue une véritable forteresse. C'est une grande maison de pierre, haute de deux étages, qui compte de nombreuses fenêtres transformées pour l'occasion en meurtrières.

Le grenier est devenu le dépôt d'armes et de munitions des Patriotes. Il y a même des tas de cailloux, au cas où l'on manquerait de balles.

L'alerte générale a été donnée, les Anglais sont tout près. Le bedeau n'arrête pas de faire carillonner la cloche de l'église, au grand désespoir du curé. La plupart des femmes et des enfants se sont réfugiés à l'intérieur des terres ou à Saint-Antoine.

Moi, j'ai décidé d'aller à Saint-Denis pour aider. Lors de telles batailles, il y a toujours des blessés à secourir. Père ne voulait pas au début mais, devant mon entêtement, il a cédé. Je me suis installée dans la maison de M. D'Eschambault, de l'autre côté de la rue, en face de la maison Saint-Germain.

D'ici, je peux voir des habitants qui dressent une barricade sur la rue. Le docteur Nelson est le chef incontesté des Patriotes de Saint-Denis. Par la fenêtre, je l'aperçois qui lance des ordres à ses hommes. Tout le monde le respecte et lui obéit. Il est tellement imposant du haut de ses six pieds.

93

La bataille commence. J'entends des coups de feu. Je reviendrai écrire après...

Les premiers coups ont été tirés par les Anglais qui ont abattu deux hommes et ont jeté leurs cadavres à la rivière. Mais les Patriotes ont vite riposté et deux Anglais sont tombés. Il faisait terriblement froid dehors. Tant mieux, les Anglais se sont gelé les mains, tandis que nos hommes étaient au chaud dans les maisons.

L'ennemi a placé trois canons entre le Chemin du Roi et le Richelieu. Les trois premiers hommes qui ont essayé d'allumer la mèche du canon le plus proche de la maison Saint-Germain furent abattus avant. Mais le quatrième soldat a réussi et le boulet a défoncé le toit de la maison tuant quatre hommes sur le coup.

Les Anglais ont eu tort de s'imaginer que ce coup de canon pouvait effrayer les Patriotes. Les fusilliers anglais s'avançaient en ordre de parade pour prendre d'assaut le village, mais ils furent reçus par une pluie de balles. Ils durent reculer précipitamment et se mettre à l'abri.

Mais, plus le combat avançait, plus les Patriotes se montraient imprudents et s'exposaient inutilement au feu des Anglais.

Le docteur s'en rendit compte et il demanda au député Charles-Ovide Perrault de leur dire de se montrer plus prudents. Malheureusement, en traversant la rue, le député fut touché au talon par une première balle, puis une deuxième lui traversa le corps.

Quand je l'ai vu, allongé au milieu de la rue, rampant à grand-peine vers la maison où j'étais, je n'ai pu résister au désir de l'aider. Avec mille précautions, j'ai ouvert la porte et je me suis faufilée jusqu'à lui.

Soutenu par l'énergie du désespoir, il se traînait appuyé sur moi. Dans la maison, je l'ai pansé, mais sa blessure était très grave. Il m'a expliqué sa mission et je lui ai promis de la faire à sa place.

En me cachant et en évitant de mon mieux les Anglais, j'ai fait le tour des barricades et des maisons environnantes pour avertir les hommes de se montrer plus prudents. Ils étaient tous surpris à ma vue: une jeune fille qui se promène dans cette bataille avait de quoi en étonner plusieurs.

J'en profitai pour soigner les hommes légèrement blessés. Ensuite, je me glissai jusqu'à la distillerie du docteur Nelson. Celle-ci est fort bien gardée par une trentaine d'hommes, dont Julien et François, qui sont d'excellents tireurs. J'étais là quand un détachement de soldats anglais les attaqua.

Un des Patriotes s'écria:

— Allons, messieurs, soyons à la hauteur du courage de cette jeune fille et montrons-lui comment on se défend des envahisseurs.

Et passant aux actes, il tira sur le capitaine anglais et le toucha au genou. Un deuxième homme lui envoya une seconde balle et l'atteignit au cou. L'Anglais tomba raide mort et ses soldats l'emportèrent en se repliant.

Dans la distillerie, les braves criaient hourra et se félicitaient. Le calme était revenu aux alentours de la maison, j'en profitai pour revenir en toute hâte vers la forteresse Saint-Germain où Père se trouvait en compagnie d'Isidore. En route, je croisai une compagnie de Patriotes armés de fourches et de bâtons. Ils avaient pour mission d'aller barrer la route aux Anglais qui voulaient encercler nos hommes.

Comme ils n'avaient pas d'armes, j'ai suggéré à leur chef de porter leurs bâtons et leurs piques à l'épaule comme de vrais fusils. De plus, en marchant inclinés le long de la clôture, les bâtons bien élevés, l'illusion était parfaite. De loin, les Anglais ne pouvaient voir que l'extrémité de leurs bâtons et ils crurent qu'il s'agissait d'une colonne de Patriotes bien armés. Ils eurent peur et firent demi-tour.

Je rentrai dans la maison Saint-Germain pour annoncer au docteur que sa «compagnie de bâtons de clôture» avait réussi sa mission... Le nom dont j'avais baptisé cette compagnie le fit sourire et tout cela stimula le courage et les forces de ses hommes. Mais les munitions commençaient à baisser dangereusement. Georges-Étienne Cartier s'est porté volontaire pour traverser le Richelieu et aller chercher de la poudre et d'autres combattants à Saint-Antoine.

Je m'offris pour lui indiquer l'emplacement d'un canot que j'avais aperçu au bord de la rivière. Il me demanda de traverser avec lui pour me mettre à l'abri de l'autre côté. Je refusai en lui soulignant qu'il y avait encore beaucoup à faire ici. Il partit à la hâte avant même que les Anglais ne l'aperçoivent.

D'un côté comme de l'autre, les combattants ménageaient leurs munitions. Malheureusement, les troupes anglaises me barraient la route de la maison D'Eschambault. Faisant face à d'excellents tireurs, j'ai donc dû me mettre à l'abri dans une grange tout près de la distillerie. De temps à autre, j'entendais quelques coups de feu et les cris des hommes abattus.

Vers les deux heures de l'après-midi, venant du côté de la rivière, un chant patriotique s'éleva. C'était Cartier qui ramenait des Patriotes et des munitions. Ils étaient plusieurs à traverser le Richelieu sur le bac. Ils réussirent à traverser malgré le tir des Anglais.

À peine débarqués ils ont ouvert le feu sur les habits rouges des Anglais. Leur ardeur à l'attaque a réveillé le courage des défenseurs de Saint-Denis. Les Anglais ont été tellement secoués par leur offensive, qu'une heure plus tard, ils sonnaient la retraite. Ils ont ramassé leurs morts et leurs blessés et ont levé le siège. Dans leur précipitation, ils ont abandonné un canon, des boulets, de la poudre et des cartouches.

Le docteur Nelson s'est empressé de traverser la rue pour aller soigner son ami Perrault. Malheureusement, celui-ci était gravement blessé et il succomba peu après à ses blessures. On fit ensuite le compte de nos pertes: 12 morts et 8 blessés. Comparées aux pertes anglaises, c'est bien peu.

Puis, tard dans la soirée, Julien, Père et moi sommes revenus à Saint-Antoine. Nous étions tous fourbus par l'effort et les événements de cette journée. J'étais encore tout énervée par notre exploit. Ce qui m'a le plus fait plaisir, c'est quand Julien m'a dit avant d'aller se coucher:

— Petite sœur, tu as impressionné bien des hommes aujourd'hui. J'en ai entendu plusieurs passer des commentaires sur ta bravoure. Ils n'arrêtaient pas de se dire qu'ils devaient se montrer digne de ton courage. L'un d'eux t'a même comparée à l'étoffe du pays. Il te trouve aussi solide et bien faite qu'elle. Il n'a pas tout à fait tort.

Cher Julien, il est toujours aussi gentil avec moi. Je me sens épuisée tout à coup. Il faut que je me repose.

Nicolas ne tient plus en place, il tourne en rond, s'assoit, se relève en parlant:

— Wow! C'est super! La révolution est commencée. Ils se battent pour de vrai.

— Je ne vois pas ce qu'il y a de si extraordinaire à se battre. C'est seulement très dangereux. Mais je dois admettre que Rosalie est très courageuse.

— Tu peux le dire, mais elle n'était pas la seule. Pense à tous ces hommes qui se battaient, alors qu'ils n'avaient pas de fusils. Tandis que les Anglais, eux, étaient très bien armés. Ils utilisaient même trois canons.

— Quand tu défends ton bien, je crois que tu es prêt à tout, lui fait remarquer sa sœur.

— C'est super! Pour leur première bataille, c'est une grande victoire.

— J'espère qu'ils seront assez intelligents pour penser que les Anglais n'en resteront pas là. Ils peuvent revenir à l'attaque.

— J'imagine que oui. Bon! moi les émotions fortes, ça m'ouvre l'appétit. La suite, même heure, même poste, jeudi prochain.

— J'ai compris, espèce de gourmand, lui répond-elle en refermant le journal.

# 7

## Défaite

NICOLAS, ENTHOUSIASMÉ PAR LA tournure des événements, attend déjà sa sœur depuis dix minutes. Il est impatient de poursuivre la lecture des aventures de son arrière-grand-mère. Enfin, il entend la porte d'entrée claquer.

— Vite, Mij, lui crie-t-il, sinon je commence sans toi.

Sa sœur monte en courant.

— Je suis là, mais auparavant j'ai quelque chose à te dire, lui annonce-t-elle.

— Quoi?

— J'ai rencontré le professeur d'histoire. Il m'a brièvement expliqué que les Patriotes ont fait une petite rébellion en 1837-38 contre les Anglais ou les habits rouges, comme ils les appelaient.

— Et qui a gagné?

— Je ne te le dis pas, lui répond-elle en riant. Je gâterais le punch de l'histoire de Rosalie.

— Je vais te chatouiller jusqu'à ce que mort s'ensuive, si tu ne parles pas, menace Nicolas.

— Rien à faire, je suis aussi brave que Rosalie. Si tu veux savoir, lis!

Devant l'entêtement de sa sœur, le garçon s'exécute:

### 24 novembre 1837

Ce matin, nous avons eu des mauvaises nouvelles du prisonnier anglais. En effet, hier avant que la bataille éclate, un jeune éclaireur de l'armée anglaise fut fait prisonnier par des Patriotes qui le conduisirent au docteur Nelson.

Le brave docteur lui avait assuré sa protection, mais quand les combats ont commencé, certains ont cru plus prudent de l'emmener à Saint-Charles. Malheureusement, durant le voyage, il a essayé de s'enfuir. Ses gardiens ont paniqué et l'ont abattu.

Père trouve qu'il s'agit d'un geste plus que déplorable et tout à fait inacceptable. Nous sommes responsables de nos prisonniers et il faut en prendre soin.

Cet après-midi, nous partons pour Saint-Charles. Il y aura bientôt des combats là-bas. C'est là que les troupes anglaises se dirigent.

J'ai réussi à convaincre Père de m'emmener avec lui.

De toute façon, je serais incapable de rester ici à ne rien faire. J'ai besoin de participer à l'action.

### 25 novembre 1837

À Saint-Charles, les Patriotes ont pris possession du manoir d'un bureaucrate nommé Derbartzch et ils l'ont transformé en forteresse comme l'était la maison Saint-Germain. C'était le docteur Gauvin qui était en charge du manoir. Mais il est tombé de cheval hier et il bouge à grand-peine. Père s'est offert pour le remplacer.

C'est T.S. Brown, le «général» des Fils de la Liberté, qui commande dans le village. Il est aidé par Bonaventure Viger (le libérateur des prisonniers patriotes). Celui-ci patrouille en ce moment les alentours du village avec des hommes, dont Julien et Isidore.

Ils doivent couper les ponts devant les Anglais et leur semer autant d'embûches que possible. Ils doivent se cacher un peu partout sur le chemin des Anglais et les harceler de coups de feu à leur passage.

François est resté à Saint-Denis avec le docteur Nelson pour refaire les barricades au cas où les Anglais décideraient de revenir.

Moi, je me suis installée à l'intérieur d'une maison abandonnée par ses propriétaires. Je ne suis pas très loin du manoir. J'ai avec moi des pansements, de l'eau et de l'onguent que m'a donnés le docteur Nelson pour soigner les blessures.

### 26 novembre 1837

Je suis cachée dans une petite grange sur le chemin qui va de Saint-Marc à Saint-Antoine. Le soleil se lève sur cette sinistre journée. Hier, ce fut un vrai massacre.

Quand le tocsin s'est mis à sonner, les enfants et les femmes se sont cachés dans les forêts environnantes. Les Patriotes installés dans les maisons situées à l'entrée du village tiraient de leur mieux sur les Anglais. Ceux-ci, pour riposter, ont mis le feu aux habitations.

Quand toutes les demeures qui précèdent le village furent brûlées, ils avancèrent vers le manoir. Les Patriotes attendirent qu'ils soient à portée de fusil et en tuèrent plusieurs. Les Anglais ont hésité, permettant aux nôtres de recharger leur fusil et de tirer encore.

C'est alors que la compagnie dans laquelle Isidore se trouvait, essaya de prendre d'assaut les habits rouges. Malheureusement, ils furent repoussés dans les bois, poursuivis par l'ennemi. Les Patriotes au pied du manoir ont tiré un coup de canon qui surprit les Anglais, mais ils n'ont pas su profiter de cet avantage.

Nos hommes se sont montrés sur un terrain découvert et ont été abattus. Les Anglais ont foncé sur nos remparts, baïonnettes en avant.

Les Patriotes ont tenu le coup et les ont fait reculer.

Pour notre plus grand malheur, les canons ennemis se sont mis à tirer sur nous. Les Patriotes se sont repliés sur le manoir, poursuivis par les soldats anglais. Ceux qui tentaient de se défendre, étaient massacrés sur place. Durant toute la bataille, je me suis promenée d'un groupe à un autre, apportant soin et réconfort autant que je le pouvais.

Mais plus l'attaque anglaise avançait, plus je devais reculer à l'intérieur du village. C'est à ce moment-là que Père est venu me parler. Il voulait que je quitte immédiatement le village. Au début, je ne voulais pas. Il m'a dit que je devais absolument retourner à Saint-Denis prévenir le docteur Nelson que la situation était désespérée.

J'ai alors accepté de partir, et il est retourné au combat à l'orée du bois voisin pour attaquer les Anglais de flanc.

La seule façon de sortir du village était de franchir la rivière et d'aller à Saint-Marc. En me cachant derrière les maisons, je me dirigeai vers le bord de l'eau. En contournant une cabane de bois, je me trouvai face à un homme qui chargeait son fusil de chasse.

Il me demanda ce que je faisais là. Je lui expliquai et il m'offrit de m'aider. Il connaissait bien le village et me fit passer par des chemins détournés pour éviter de tomber sur l'ennemi.

Alors que je croyais la partie gagnée, l'homme fut touché par une balle et il tomba près de moi. J'entendis alors des pas et des cris anglais se dirigeant vers moi. Sans réfléchir, je ramassai le fusil de l'homme et je tirai sur l'habit rouge qui fonçait sur moi.

Les leçons de chasse que Père m'a données, m'ont été bien utiles, car je crois bien avoir tué l'homme sur le coup. Je me penchai sur mon patriote, il était encore vivant. Sa blessure ne semblait pas si grave, mais le choc l'avait ébranlé.

Péniblement, il se remit debout et me conduisit en titubant à la rivière. Il y trouva, caché sous des branches, un canot et des avirons. Blessé comme il l'était, il ne pouvait plus se défendre convenablement. Je l'ai donc poussé dans le canot, où il est tombé évanoui. J'ai alors avironné jusqu'à Saint-Marc.

J'ai accosté tout près de cette vieille grange. J'ai ensuite traîné l'homme à l'intérieur. Ce fut long et assez pénible, car il est assez grand. Sans être le moins du monde gros, il est très musclé. Je l'ai trouvé très lourd à porter, mais j'avais tellement peur que les Anglais nous aperçoivent de l'autre côté de la rivière que mes forces en furent décuplées.

Puis je l'ai soigné. Il avait deux blessures: une dans l'épaule où la balle avait traversé de part en part et l'autre à la tête. Ce n'était qu'une égratignure mais il avait beaucoup saigné.

En retournant près de la rivière pour chercher de l'eau, j'ai aperçu le spectacle le plus navrant qui soit. Presque tout le village était la proie des flammes. J'entendais encore quelques coups de feu. J'ai aussi vu des hommes qui fuyaient en traversant la rivière à la nage malgré le froid terrible de cette journée. Mais parmi eux, je n'ai vu ni mon père, ni mon frère.

Je suis revenue dans la grange pour m'occuper de mon blessé. J'ai lavé ses plaies et je l'ai pansé avec un vieux foulard. C'est un jeune homme, il a peut-être 22, 23 ans. Il est de grande taille, avec les épaules larges et le corps plutôt mince. Ses cheveux sont noirs, et ma foi, je lui trouve un fort beau visage. Je l'ai bien soigné. J'espère qu'il n'y aura pas d'infection dans ses plaies, ça pourrait le tuer.

Je n'ai pas pu dormir de la nuit. Je crois que j'étais encore sous le choc. Julien et Père, où sont-ils? Ont-ils été tués ou faits prisonniers?

L'homme s'est réveillé tout à l'heure. Au fond de se besace qu'il porte à la taille, il a trouvé un bout de pain que nous avons partagé. Il s'est montré très poli et très reconnaissant envers moi. Ensuite, il partit pour Saint-Eustache en me disant:

— Je ne vous remercierai jamais assez, mademoiselle, pour ce que vous avez fait pour moi. Mais maintenant qu'il n'y a plus rien à faire ici, je retourne dans mon village pour le préparer à la bataille. Ne vous inquiétez pas pour votre frère et votre père, je suis sûr qu'ils ont réussi à s'en tirer. Suivez mon conseil et retournez chez vous au plus vite.

Et il a ajouté en souriant:

— Nous avons perdu une bataille, mais pas la guerre. Ces chers Anglais, je leur réserve un chien de ma chienne. Ils n'ont pas fini avec moi, je vous le promets.

Il est parti en me saluant d'un geste de la main. Je me suis sentie toute drôle. Il émanait de lui une telle force, une telle conviction de vaincre que j'ai repris espoir.

Si tous les Patriotes étaient comme lui, nous serions certains de vaincre. Oui, les paroles de cet homme m'ont beaucoup réconfortée.

J'y pense, il ne s'est même pas présenté. J'ignore qui il est, ce qu'il fait, et pourtant j'ai l'impression que nous aurions facilement pu devenir amis. Je crois que je vais l'appeler mon beau patriote.

Allez, assez rêvassé. Il faut que je parte pour Saint-Antoine.


Nicolas, déçu par ce qu'il vient de lire, pousse un soupir:

— Bof! c'est moins drôle. Je n'aime les révolutions que lorsque l'on gagne. Quand on perd, c'est moche.

Mijanou s'esclaffe en entendant la boutade de son frère:

— Tu es mauvais perdant, Nic. Tu fais la même tête que le jour où tu as été battu à plate couture au tournoi régional de ping-pong.

— Je regrette, s'écrie-t-il vexé. Je n'ai jamais été battu à plate couture. C'était au contraire un match très chaud.

Et il ajoute pour tourner court à la discussion :

— Bon, où en étais-je?

### 27 novembre 1837

Hier sur le chemin du retour, j'ai rencontré François, tout près de mon village. Il était accompagné d'un jeune homme que je ne connais pas. J'étais exténuée par ma longue marche. François semblait soulagé de me voir vivante. Il m'a fait monter en croupe sur son cheval et m'a reconduit chez moi où je lui ai conté mon aventure.

L'autre jeune homme m'a alors dit qu'il revenait lui aussi de Saint-Charles où il avait vu mon père blessé légèrement se cacher dans les bois avec d'autres hommes. Il m'a aussi expliqué que les Anglais ont fait des prisonniers et que Julien était du nombre.

Je me suis sentie soulagée en entendant cela. Mon père et mon frère sont vivants! Évidemment leur situation n'a rien d'enviable, mais ils vivent.

François était surexcité. Il grommelait en tapant du pied que tout cela était la faute des chefs, qu'ils n'étaient que des incapables. Son ami m'a alors appris que Brown, le général des Fils de la Liberté, avait quitté les lieux de la bataille bien avant la fin du combat pour se réfugier à Saint-Denis. Il avait fallu toute l'énergie et la puissance de persuasion du docteur Nelson pour empêcher François de tuer Brown.

Pauvre François, il n'a jamais pu supporter la lâcheté!

Au moment où je me réjouissais du sort de mes parents, il m'a annoncé qu'Isidore avait été tué au début de la bagarre. Je l'ai regardé sans rien dire, la gorge serrée par le chagrin et les yeux pleins d'eau. Il n'a pas pu le supporter et il m'a quittée précipitamment. Je sais que pour lui c'est très dur, ils étaient amis depuis tellement longtemps.

L'autre jeune homme m'a dit qu'ils partaient à l'instant pour Montréal, se joindre à d'autres groupes de résistants.

C'est à ce moment, quand ils furent partis que j'ai réalisé le silence anormal de Mère. Elle se tenait assise dans la cuisine, sans bouger. J'ai d'abord cru que c'était le chagrin, la cause de son mutisme.

Mais son attitude était tellement étrange que j'ai soudain eu l'impression qu'elle devenait folle. Elle ne parle presque plus et sourit étrangement... Il faut que je m'occupe d'elle.

**2 décembre 1837**

J'ai appris que les prisonniers de Saint-Charles sont arrivés à Montréal, il y a deux jours. Ils sont une trentaine et Julien est parmi eux. Ils sont entrés dans la ville, enchaînés comme des assassins. Les Bureaucrates et les Chouayens qui se tenaient en bordure de la rue applaudissaient les troupes et lançaient des insultes, des roches, des balles de neige et même des œufs pourris aux pauvres prisonniers.

Ici, à Saint-Denis, personne ne songe à les aider, ni à venger leur défaite. Les traîtres et les peureux prétendent que, si on laisse tomber les armes, l'armée va épargner notre paroisse. Mais je n'en crois rien. Le docteur Nelson est de mon avis.

Je suis allé le voir hier pour avoir des nouvelles de mon père. D'après lui, il se cache dans les bois, tout près de la frontière des États-Unis. Le pauvre docteur avait l'air découragé. Beaucoup de Patriotes ont déserté sa troupe, car ils croient aux fausses promesses des Anglais.

Certains d'entre eux ont même envoyé ce matin un message à l'armée anglaise pour leur dire qu'ils ne se battraient pas contre eux. Le colonel anglais leur a fait répondre qu'il agirait comme il lui plairait. Il a ajouté que les bons citoyens devraient loger et nourrir gratuitement les soldats anglais et que les maisons des Patriotes seraient brûlées.

N'ayant avec lui qu'un tout petit nombre de Patriotes pour défendre le village, le docteur a préféré partir avec eux: Brown, Marchessault, Viger, Cartier et d'autres. Il espère ainsi sauver le village d'une destruction totale. Ils sont en route pour les États-Unis.

Mais les Anglais sont entrés dans Saint-Denis et plusieurs maisons brûlent déjà. Avec une craie, ils inscrivent sur les portes des maisons, le nombre de soldats que les propriétaires bureaucrates doivent accueillir. Ils se conduisent en vrais bandits. Ils pillent tout, massacrent les meubles, brisent des vitres. Ils cherchent aussi de la boisson pour s'enivrer devant les feux de joie qu'ils allument. C'est bien triste à dire, mais les plus infâmes d'entre eux ne sont pas les soldats anglais. Les pires atrocités sont commises par la troupe de loyalistes, ces Canadiens français qui suivent lâchement l'armée pour profiter des déboires des Patriotes.

Vraiment je ferais mieux de partir d'ici. Je crains fort qu'ils ne s'en prennent ensuite aux maisons des Patriotes de Saint-Antoine. Mais avant je vais enterrer dans la cave les bijoux de la famille, de l'argent et autres objets précieux.

Ensuite, il faudra que je persuade Mère de me suivre à Montréal, chez tante Marie-Reine. Nous y serons plus en sécurité qu'ici et je pourrai visiter Julien en prison!

### 10 décembre 1837

Nous sommes passées par Verchères où j'ai traversé le fleuve sur un bac avec Mère. Puis nous avons suivi le chemin de l'Assomption vers Montréal. Nous sommes arrivées chez ma tante très tard dans la nuit.

J'étais épuisée et j'avais peur qu'elle refuse de nous ouvrir en pleine nuit. Mais quand elle nous a reconnues, elle s'est empressée de nous aider. L'état de ma mère lui a fait grand peine. Elle ne reconnaît personne et murmure constamment le nom de mon père et toutes sortes de choses incompréhensibles.

J'aime autant ne pas y penser, c'est trop pénible. Heureusement, j'ai vu Julien à la prison de Montréal. Il n'est pas blessé et il m'affirme qu'il n'a pas été maltraité. Il partage sa cellule avec deux autres prisonniers de Saint-Charles, le docteur François Duvert et M. Jean Blanchette, un cultivateur.

Il m'assure que sa détention n'est pas trop pénible. La cellule où il se trouve n'est pas très grande, mais ils ont chacun un lit et un banc de bois. De plus, ils sont nourris convenablement.

Ce matin, je leur ai conté l'attaque de Moore's Corner qui a eu lieu cette semaine. Plusieurs des Patriotes qui ont réussi à franchir la frontière, sont revenus avec des armes à l'endroit appelé Moore's Corner. Cette petite armée n'était composée que de 80 hommes environ. Malheureusement, ils étaient attendus par plus de 400 loyalistes. La lutte n'a duré qu'une dizaines de minutes. Pour ne pas être cernés, ils ont dû abandonner et reprendre le chemin des États-Unis.

Cela n'a rien d'encourageant pour les prisonniers. Mais ils placent tous leurs espoirs dans les Patriotes du nord, à Saint-Eustache et à Saint-Benoît.

Moi, je ne sais plus quoi penser... J'ai tellement peur pour Père. Je n'ai eu aucune nouvelle de lui depuis la bataille de Saint-Charles. S'il

revient, que dira-t-il en voyant Mère dans cet
état?

Tante Marie-Reine est bien bonne de nous
héberger chez elle, mais je sais que nous
sommes une charge pour elle. J'ai décidé de
me trouver du travail. On ne sait jamais, peut-
être que cette situation va durer longtemps.

— Les événements tournent mal pour les
Patriotes, remarque Nicolas.

— Ce devait être assez pénible de vivre à
cette époque. Sais-tu ce que je crois? Leur plus
grand problème, ce sont leurs communications
déficientes.

— C'est vrai. Si le téléphone avait existé, les
gens de Saint-Charles auraient pu appeler les
habitants des villages environnants pour qu'ils
viennent leur prêter main-forte.

— C'est exactement ce que je voulais dire,
reprend-elle. Personne ne sait ce que fait l'autre,
et ainsi ils ne peuvent pas s'aider, se soutenir ou
même s'organiser convenablement.

— N'empêche que je la trouve bien courageuse, notre petite ancêtre. Malgré toutes ses
épreuves, elle se débrouille très bien.

Mijanou acquiesce avant d'ajouter:

— J'ai entendu suffisamment d'histoires tristes pour aujourd'hui. Serre le journal, on continuera samedi, après ma compétition de natation.

# 8

## Mon beau patriote

Mijanou est radieuse. Elle a remporté la médaille d'argent, à quelques fractions de seconde derrière la première. Sa précieuse médaille autour du cou, elle relaxe sur son lit. Son frère arrive enfin et la félicite pour sa performance de ce matin.

— Hip, hip, hip, hourra! pour la championne au crawl, Miss Mijanou.

Et il la chatouille aussitôt jusqu'à ce qu'elle en perde haleine et demande grâce.

— Au lieu de faire l'idiot, lui suggère-t-elle, tu pourrais peut-être te rendre utile. Sors le journal.

Il s'exécute et lit:

### 17 décembre 1837

Les nouvelles de Saint-Eustache et de Saint-Benoît sont mauvaises. Il semblerait que, le 14, les troupes anglaises ont attaqué Saint-Eustache. Ils ont tué plusieurs Patriotes et mis le feu à l'église et d'autres bâtiments. J'ai même entendu dire que leur chef, le docteur Chénier, a été tué.

Le lendemain, l'armée s'est dirigée vers Saint-Benoît qui s'est rendu sans se battre. Mais je connais bien les Anglais et les loyalistes, je sais ce dont ils sont capables. Les ravages qu'ils ont faits hier avant de quitter les lieux ne me surprennent nullement. Tout le village a été mis à feu. Il ne reste plus rien.

On dit que les Bureaucrates en ont profité pour piller et voler à leur guise. C'est terrible. Quand j'en ai parlé à Julien ce matin, il s'est mis en colère.

Depuis qu'il est en prison, mon frère a beaucoup changé. Il ne sourit jamais et il est de plus en plus agressif. Je crois qu'il est inquiet pour nos parents et extrêmement déçu de la tournure des événements.

Je ne pourrai le visiter qu'une fois par semaine, à l'avenir. J'ai trouvé un emploi de servante chez une vieille dame qui vit avec son neveu, un homme d'un certain âge, marchand de son métier.

Je crois que mon travail déplaît à Julien. Il dit que c'est lui qui devrait travailler à ma place et subvenir ainsi aux besoins de la famille. J'essaie de le rassurer de mon mieux en lui expliquant que je ne fais rien de très fatigant. Mais il s'inquiète tout de même.

118

### 24 décembre 1837

C'est demain Noël. Je n'ai pas le cœur à fêter. Mère est toujours aussi perdue. Nous n'avons toujours aucune nouvelle de Père. Et mon frère est en prison pour combien de temps encore?

Pourtant, il faut que je ne laisse rien paraître de ma tristesse. J'ai préparé un panier surprise pour mon frère: un gros jambon, du pain de ménage, du sucre à la crème et du papier avec encre et plume. Tout cela m'a coûté très cher, mais quand je pense à la vie misérable de Julien en prison, je trouve qu'il mérite bien cette maigre consolation.

### 24 décembre 1837, suite

Je reviens tout juste de la prison où m'attendait une surprise. Dois-je dire agréable? J'ose à peine le croire.

Quand je suis entrée dans la cellule, j'ai aperçu un quatrième prisonnier qui me tournait le dos, le visage appuyé sur les barreaux de la fenêtre. J'ai salué mon frère, sans porter attention à cet étranger et, comme je parlais, j'ai été soudainement interrompue.

— Mais sur mon honneur de patriote enragé, c'est ma belle bienfaitrice de Saint-Charles. Comment vous portez-vous, ma gente demoiselle?

J'ai aussitôt reconnu le jeune homme que j'avais aidé à Saint-Charles (mon beau patriote). Interdite, je cherchais quoi lui répondre, mais la seule phrase qui me vint à la tête fut plutôt stupide:

— Les Anglais vous ont arrêté?

— Eh oui! Je ne serais pas ici sans cela! Mais je vois que les Bureaucrates ont quand même le bon goût de ne pas empêcher les jolies jeunes filles de visiter leur fiancé.

— Rosalie n'est pas ma fiancée, lui répondit promptement Julien. Elle est ma sœur, et je vous ferai remarquer que nous n'avons pas été présentés.

En disant cela, il fixait obstinément le jeune homme pour bien lui faire comprendre que j'étais sous sa protection. Je trouvais cette situation un peu grotesque, alors je me dépêchai de raconter à Julien les circonstances de notre rencontre.

Mon frère se montra plus conciliant et il le remercia de m'avoir aidée à trouver un canot. Puis il nous présenta selon les règles de la bienséance. Le jeune s'inclina devant moi et serra la main de Julien en se nommant:

— Laurent-Olivier Valois, journalier de Saint-Benoît quoique, en réalité, j'habite à Saint-Eustache depuis deux ans. C'est d'ailleurs là que j'ai été fait prisonnier.

— Mes deux compagnons et moi-même avons été pris à Saint-Charles, le soir de la fameuse défaite. Vous y étiez, vous avez vu la bataille.

— Oui et je peux vous affirmer que même si nous avons perdu ce soir-là, c'était beaucoup mieux qu'à Saint-Eustache. Je vais vous conter cela, vous allez me comprendre.

Tout le monde s'approcha de lui et s'installèrent sur les bancs ou les lits. Il s'assit sur un banc, le dos au mur et commença son récit:

— Quand je vous ai quittée, mademoiselle Rosalie, j'ai évité Montréal par des chemins détournés pour finalement me rendre, après quelques jours, à Saint-Eustache. Je dois bien avouer qu'en pénétrant dans mon village, j'ai éprouvé la plus grande surprise et une certaine déception. L'endroit semblait assailli par des étrangers à l'allure peu invitante. Il y avait aussi plusieurs chefs et membres du parti patriote: les deux de Lorimier, les frères Masson, Chénier bien sûr, les deux Hubert...

— François Hubert, de Saint-Denis? l'interrompit Julien.

— Oui, celui-là même, et aussi un drôle de bonhomme que je n'aimais pas beaucoup, Girod. C'est d'ailleurs lui qui fut nommé le général du village. Tout un général en effet: pour recruter des hommes, il les attirait en leur proposant des terres, de l'argent et tout un tas d'autres choses.

«Le village fut vite envahi par des mercenaires de tout acabit qui ne venaient là que pour se remplir les poches. J'ai malheureusement assisté à des scènes de pillage assez déshonorantes sur les demeures de ceux qui n'affichaient pas assez fort leurs idées patriotiques. Je me suis même battu à quelques reprises avec ces drôles.

121

«Girod était absolument incapable de contrôler ces hommes. D'ailleurs, d'un jour à l'autre, les effectifs changeaient. Le 2 décembre, nous étions une soixantaine d'hommes, le 4 décembre plusieurs centaines, le lendemain seulement 28. Quelques jours plus tard, on pouvait compter plus de 1000 hommes attirés par cette vie de pillage.

«Quand le tocsin sonna, le 14, nous étions environ 400 mais, dès que l'armée anglaise se pointa, la moitié des hommes désertèrent. Je vous le dis, les vrais Patriotes étaient rares.

«Lorsque la bataille a débuté, certains des chefs se sont évanouis dans la nature (les de Lorimier, les Masson). Girod, ce général de parade, installa tout son monde puis sauta sur son cheval et s'enfuit à bride abattue vers Saint-Benoît.

«Entre-temps, des éclaireurs nous avertirent qu'une compagnie de loyalistes se trouvait sur le chemin qui va de Saint-Martin à Saint-Eustache. Chénier demanda aux frères Hubert de prendre quelques hommes pour aller les déloger. J'étais de ce groupe. Nous les attaquions depuis quelques temps et nous avions même l'avantage lorsqu'un coup de canon se fit entendre du côté nord de la rivière.

«C'était toute l'infanterie, la cavalerie et l'artillerie anglaises qui avançaient en ordre sur le village. Il y eut du désordre parmi nos hommes et je fus séparé des frères Hubert. J'ai alors décidé de revenir au village pour y être utile.

«C'est à ce moment que Chénier s'est enfermé avec des hommes dans l'église. Moi, je me suis installé avec une dizaine de braves dans une maison tout près de là.

«Quand je pense que, durant les jours qui ont précédé la bataille, aucun chef n'a songé à dresser des barricades autour du village. Ils ne pensaient même pas à faire pratiquer les hommes, ni à leur montrer comment se battre et repousser une attaque. Quelle pitié!

«Néanmoins les troupes anglaises nous ont d'abord attaqués à coups de canon. Mais l'église tint bon et nos fusils leur répondaient si bien qu'ils durent reculer. Cela dura environ deux heures, puis ils décidèrent de mettre le feu aux maisons où nous étions cachés.

«Nous avions le choix entre brûler vifs ou nous faire tuer par des balles. Quand mes cheveux commencèrent à sentir le roussi, j'optai pour les balles. Heureusement, je ne fus pas abattu en sortant de la maison. Mais en tournant le coin de la rue, je tombai nez à nez sur un habit rouge qui rechargeait son fusil. Le mien aussi était vide et j'essayai de le frapper. Il fut plus rapide et m'assomma d'un coup de crosse.

«Quand je revins à moi, je voyais des flammes partout autour de moi. Le soldat anglais m'avait probablement laissé pour mort au milieu de la rue. Je tentai de me traîner loin du feu. Mais trois autres soldats m'aperçurent et me firent prisonnier.

«Ils m'emmenèrent plus loin, près de l'auberge du dénommé Addison. Là, ils m'attachèrent à

123

l'arrière d'une charrette. Dans le soir tombant, je pouvais très bien voir la lueur des flammes qui ravageaient l'église, le presbytère et plusieurs autres maisons.

«Les soldats et les volontaires s'en donnaient à cœur joie pour dévaliser les maisons, même celles des Bureaucrates et des Chouayens. Deux soldats complètement ivres vinrent me harceler. Ils me lancèrent de la neige sale au visage, m'arrosèrent copieusement de rhum volé à l'auberge en me menaçant de faire rôtir un damné patriote.

«Ils se moquaient de moi et essayaient de me faire renier Chénier. Ils me racontaient des choses terribles sur lui, que son cadavre était étendu sur une table de l'auberge Addison et qu'on lui avait arraché le cœur pour le promener au bout d'une lance.

«Mais je ne les ai pas crus; d'où j'étais je voyais parfaitement l'entrée de l'auberge. C'est vrai que le corps de Chénier s'y trouvait. J'ai bien reconnu son visage quand ils l'y ont transporté. Mais personne n'est ressorti de là avec un cœur accroché sur une lance.

«Ces soldats ne savaient vraiment pas quoi inventer pour m'humilier. Ils m'ont laissé passer la nuit au froid. J'avais les mains et les pieds engourdis au matin. Pendant tout ce temps, je regardais mon pauvre village disparaître sous les flammes. L'affreux général anglais Colborne mérite bien son surnom de «Vieux Brûlot». Il n'a rien fait pour empêcher cette vengeance inutile. Il a même fait pire que cela.

«Au matin, il commanda à ses troupes de marcher sur Saint-Benoît. Nous y sommes arrivés tard dans la soirée. La route fut longue et pénible à marcher dans la boue et la neige, toujours attaché derrière la charrette. Chemin faisant, les loyalistes pillaient et dévalisaient les maisons des prétendus Patriotes.

«De pauvres femmes innocentes et des enfants furent molestés, volés, dépouillés de leurs pauvres biens. Partout, ils cherchaient des Patriotes pour augmenter le nombre de leurs prisonniers. Toujours enchaîné au chariot, je suivais la troupe, témoin impuissant de ces scènes effroyables et dégradantes.

«Ils entrèrent dans Saint-Benoît sans qu'aucune résistance ne soit faite de la part des habitants. Ils y passèrent la nuit, volèrent tout ce qui avait un peu de valeur, meubles, argent, vêtements, nourriture, etc. Et ils faisaient la chasse au patriote, comme on chasse le lapin.

«Puis le lendemain matin, en repartant pour Montréal, ils mirent le feu à toutes les maisons, même l'église. Quel spectacle désolant! Je sais aussi que des petits bataillons anglais ont visité les villages de Saint-Hermas et de Sainte-Scholastique où ils firent preuve d'autant de haine et de cruauté.

«Et voilà comment je me suis retrouvé à la prison avec une centaine d'autres infortunés Patriotes.»


Quand il s'est tu, je réalisais bien qu'il avait la gorge serrée par l'émotion. Il n'était pas le seul.

Personne ne parlait. Je me sentais révoltée par l'attitude des troupes anglaises et loyalistes. Mais j'étais aussi irritée par l'insouciance et le manque de formation des chefs patriotes. Ce fut Julien qui exprima le mieux ce que tous pensaient:

— Les loyalistes se livrent peut-être à des horreurs, mais ces cruautés n'ont d'égale que la stupidité de nos chefs qui ont été incapables de préparer une vraie armée. Pourtant le pays ne manque pas de Patriotes bien décidés.

— Il ne manque malheureusement pas de traîtres, lui objecta le docteur Duvert. C'est en de tels moments que l'on connaît la véritable valeur des hommes. Plusieurs se sont jetés dans cette aventure sans être vraiment préparés et ils n'ont pas pu supporter cette épreuve. Allez, les jeunes. D'ici nous ne pouvons plus rien faire d'autre que d'espérer que la soif de vengeance des Bureaucrates soit assouvie.

Je restai encore quelque temps à les écouter discuter, puis, comme il se faisait tard, je dus partir. Fidèles à leurs habitudes, ils me laissèrent chacun des messages à faire parvenir à leur famille. Je me tournai vers le nouveau venu et lui demandai:

— Désirez-vous que je prévienne votre famille de votre présence ici?

— Je n'ai aucune famille et je n'en ai jamais eu, me répondit-il avec un accent de fierté qui frôlait presque l'insolence. Je suis un enfant trouvé dans la rue, ajouta-t-il très vite sur un ton plus doux, comme s'il s'excusait de la façon dont il m'avait parlé.

Je lui souris gentiment pour lui dire:

— Peut-être y a-t-il des amis que vous voudriez informer?

— Non merci, le peu d'amis que je possède se trouvent sûrement en aussi mauvaise posture que moi et ils n'ont pas besoin que je les embête avec mes problèmes.

J'ai donc quitté la prison. Sur le trottoir, juste en face de l'édifice, je me suis retournée et, pour la première fois, j'ai aperçu mon frère à sa fenêtre qui me saluait de la main. J'ai entrevu l'ombre d'un homme à ses côtés, je crois qu'il s'agissait de Laurent-Olivier Valois.

Je suis heureuse qu'il soit sorti vivant de la bataille de Saint-Eustache.


Nicolas remarque sur un ton sévère:

— S'il est vrai que les troupes anglaises et bureaucrates se sont montrées cruelles pour la population, il semble aussi que les chefs patriotes étaient de véritables crétins.

— Je ne pense pas, réplique Mijanou. J'ai plutôt l'impression qu'ils croyaient tellement en leur cause qu'ils se sont imaginés que tout le peuple se soulèverait d'un seul bloc pour chasser les attaquants. Il ne faut pas oublier aussi que ces chefs étaient presque tous des médecins, des notaires, des cultivateurs, des étudiants, etc.

— C'est vrai qu'il n'y avait aucun véritable soldat parmi eux. Et ils pensaient vaincre une armée bien entraînée et équipée de canons et de bons fusils!

— Ils n'avaient aucune chance de réussir avec leurs fusils de chasse. Mais, quand on y pense, ils étaient bien courageux ceux qui se sont battus jusqu'au bout.

— Courageux, convaincus de leur bon droit et aventureux jusqu'à la folie; conclut son frère. Maintenant, ils doivent payer pour leur aveuglement.

— Passe-moi le journal, je veux connaître la suite, lui demande-t-elle.

Et elle lit à haute voix:

### Premier janvier 1838

Premier jour d'une nouvelle année: que nous réserve-t-elle? Celle qui vient de se terminer a été fertile en émotions de toutes sortes. J'ai vu s'égrainer des jours de joie, d'espérance, d'effort, de lutte, de chagrin, mais jamais de désespoir.

Ma situation n'a rien de très reluisant, mais je suis certaine que l'avenir sera meilleur. Julien aussi a retrouvé sa confiance. Il m'a semblé beaucoup moins démoralisé, ce matin, lors de ma visite.

Je crois que mon «beau patriote» y est pour quelque chose. Julien s'est pris d'amitié pour ce jeune homme. Il m'a d'ailleurs écrit à ce sujet. Voici le contenu de sa lettre:

128

*Chère petite sœur,*

*Depuis mon arrestation, je me suis montré renfermé et froid envers toi et je t'en demande pardon. J'aimerais te faire comprendre le désarroi et la déception qui m'accablèrent à mon arrivée à la prison.*

*C'est une rude épreuve que de passer de la vie à l'air libre, avec tout ce que cela comporte de libertés de choix et de mouvements, à la vie de la prison avec ses corridors sombres, ses murs sinistres, ses portes si épaisses et si résistantes qu'elles défient toute révolte.*

*D'être confiné dans un étroit cachot est certes pénible, mais d'y trouver deux autres prisonniers aussi malheureux que soi n'offre aucune consolation. Et je ne peux m'empêcher de songer à tes souffrances, à la maladie de Mère et à l'exil de Père.*

*Vous avez besoin de mon aide et je ne puis rien faire. Je te cause même des soucis, car je connais ta nature prévenante et attentionnée. Je t'en prie, ne te préoccupe pas de moi. Songe d'abord à toi et à Mère. Si vous êtes heureuses, je le serai aussi.*

*Je puis t'assurer que la vie, ici, est plus facile depuis quelques jours. Notre nouveau compagnon de cellule, Laurent-Olivier, a une charmante nature, ce qui est fort surprenant.*

*En effet, à son arrivée, il semblait terriblement déprimé. Il parlait peu, répondait rarement à nos questions et passait tout son temps à la fenêtre. Aujourd'hui, je comprends son attitude. Tous les événements qui lui sont arrivés* depuis la bataille de Saint-Charles jusqu'à son incarcération, n'avaient rien de très réjouissant.

C'est un homme étonnant. Depuis qu'il s'est vidé le cœur en nous contant sa mésaventure, il a changé radicalement. Il ne cesse de raconter des histoires drôles sur les Chouayens. Il abreuve nos gardiens de remontrances et il les menace de tous les renvoyer s'ils ne travaillent pas mieux que cela.

L'autre jour, il nous a bien fait rire. Il discutait avec un gardien anglais, par la petite fenêtre de la porte quand il apprit que l'homme était protestant. Ayant soudain une idée folle, il décida de le convaincre de se faire catholique. Il lui faisait valoir tous les avantages de se convertir à notre religion à grand renfort de gestes et d'arguments plus ou moins valables et loufoques. Tout cela était plutôt grotesque et nous nous amusions beaucoup de cette farce quand il décida d'aller plus loin.

Il lui expliqua qu'il avait été élevé dans une église et qu'il était donc bien au courant de la façon de procéder pour convertir un protestant. Avant que l'autre ne réagisse, il lui récita une prière latine de sa composition, se pencha précipitamment, ramassa un pot d'eau et lui lança l'eau au visage pour le baptiser copieusement.

Le pauvre gardien eut beau se récrier, frapper dans la porte avec un gourdin, nous faire des menaces, nous étions tous les quatre tordus de rire devant sa tête entièrement mouillée. Quand il est parti, furieux, Laurent-Olivier lui a crié de

*ne pas oublier de revenir se confesser et com-*
*munier.*

*Je ne sais pas où il prend tous ces plans extra-*
*vagants, mais je suis bien content d'avoir un*
*compagnon aussi agréable. Il réussit à nous*
*remonter le moral et à rendre notre sort plus*
*agréable.*

*Tu vois, petite sœur, qu'il ne faut pas t'inquiéter*
*pour moi. Prends bien soin de toi, tu es le sup-*
*port de notre famille.*

*Ton frère qui t'aime et qui prie pour toi,*

*Julien.*

Je suis vraiment heureuse qu'il se sente mieux et j'aimerais pouvoir en remercier ce jeune homme. Il est tellement gentil, mais peut-être un peu trop direct.

J'ai tenté de raconter tout cela à Mère, mais elle n'a rien compris. Je ne sais pas quoi faire pour elle. Il semble que sa raison l'ait complètement abandonnée. Tante Marie-Reine est bien bonne de la garder avec elle, car avec le peu d'argent que je gagne, je ne pourrais pas la placer ailleurs. Espérons qu'un jour elle guérira et se remettra!

**5 mars 1838**

Il y a fort longtemps que je n'ai pas écrit dans mon journal. Mais comment faire autrement?

Je travaille de l'aube jusqu'au soir comme servante, durant la soirée je m'occupe de Mère et, pendant ma seule avant-midi de libre par semaine, je rends visite à mon frère.

Je ne me plains pas. Il y a tant de pauvres femmes qui furent jetées à la rue avec leurs enfants par les soldats anglais et les Bureaucrates et qui doivent aujourd'hui mendier pour leur subsistance.

Julien et Laurent-Olivier sont de plus en plus liés. Mon frère m'écrit régulièrement et, dans ses lettres, il s'extasie toujours sur les prouesses de son ami. Je dois bien avouer qu'il ne manque pas d'imagination pour embêter ses gardiens. Il se moque d'eux de toutes les manières possibles.

Il s'est amusé à affubler chaque gardien d'un surnom péjoratif: le traîne-savate, le crapaud galeux, la gargouille, la fouine, le cochon de lait et le gros ouaouaron. De plus, il ne parle jamais des gardiens mais du *servum pecus*; c'est une expression latine qui veut dire le troupeau servile.

Toutes ses plaisanteries ont fait le tour de la prison et tous les détenus attendent chaque jour qu'il en invente une autre. Il a expliqué à Julien que, puisqu'il ne peut combattre les loyalistes et les Bureaucrates à l'extérieur, il leur fera payer cher son arrestation.

Dernièrement, il s'est fabriqué une espèce de lance-pierre ressemblant à une fronde. Il fait sécher des boules de pain et, par la fenêtre, il vise le gardien qui surveille le corridor. Le pauvre cherche en vain d'où viennent les projectiles.

Mais il ne faut pas croire que mon beau patriote n'est qu'un polisson mal élevé, sans aucune culture. Au contraire, il a beaucoup d'instruction, malgré son humble condition. L'autre jour, il m'a raconté son histoire, bien triste histoire en vérité.

Alors qu'il n'avait que quatre ou cinq ans, il a été abandonné par une femme, probablement sa mère, sur le perron de l'église de Saint-Benoît. C'était un soir de février, par un froid à faire craquer les arbres. Il était très tard et le brave curé, un vieil homme très bon et très doux, entendit des gémissements provenant du perron de son église. Il crut qu'il y avait un animal blessé et décida d'aller voir.

À sa grande surprise, il trouva un jeune enfant, à peine vêtu d'un petit manteau, qui se serrait en boule sur le mur. Il s'empressa de le porter au presbytère, de le réchauffer et de le nourrir. Tout ce que l'enfant pouvait dire, c'était son prénom, Laurent-Olivier. Il ignorait le nom de ses parents et l'endroit où il habitait. Il répétait seulement: «Elle m'a dit de l'attendre là.»

Le curé était ému par ce petit bout d'homme. Il chercha à retrouver la trace de ses parents avec les deux seuls indices qu'il possédait: le prénom de l'enfant et une belle petite croix en argent finement sculptée et ornée d'une pierre rouge en son cœur que le petit portait à son cou. Il n'a jamais réussi.

Il entreprit donc d'élever lui-même le garçon. Il réalisa vite que, malgré son jeune âge, il savait déjà écrire son nom et connaissait ses lettres de l'alphabet. Il montra à lire et à écrire à son jeune pupille, lui enseigna aussi le latin, la calcul, l'histoire, la géographie et bien d'autres choses.

Laurent-Olivier reçut de son tuteur le nom de Valois et passa toute sa jeunesse avec lui. Lorsque le vieillard mourut, il avait dix-neuf ans. Il choisit de partir pour Saint-Eustache afin. de gagner sa vie comme journalier.

Là, il devint un patriote militant. Il l'est encore. Il ne cesse de me questionner sur ce qui arrive à l'extérieur. Malheureusement, les dernières nouvelles ne sont pas très bonnes.

À la fin du mois de février le docteur Robert Nelson (le frère du docteur Wolfred Nelson qui nous a si bien dirigés lors de la bataille de Saint-Denis) et le docteur Côté, accompagnés de six ou sept cents Patriotes cantonnés aux États-Unis, ont traversé la frontière pour lancer deux proclamations.

La première était une déclaration d'indépendance du Canada. Nelson s'y proclamait président du parti patriote et déclarait que le peuple du Bas-Canada est affranchi de la Grande-Bretagne. Dans la deuxième, il appelait le peuple à se soulever contre la tyrannie et à se libérer.

Malheureusement, ce n'étaient que des paroles en l'air, car une armée de volontaires les chassa vers la frontière où l'armée américaine les attendait et les dispersa.

Quelques jours auparavant, une autre troupe de Patriotes partit des États-Unis pour effectuer un raid sur le village de Potton, au Bas-Canada. Ils voulaient voler des armes aux loyalistes. Mais, là aussi, ils subirent une défaite. Il y eut même un mort et quelques blessés.

Julien croit que si les Patriotes veulent réussir dans leurs entreprises, ils devraient changer de tactique. Il faudrait agir en secret pour surprendre l'ennemi, plutôt que d'essayer de l'attaquer de front. Et surtout, il faudrait équiper les hommes avec de bonnes armes.

Il a probablement raison, mais d'où il est, il ne peut rien faire.

Nicolas regarde sa sœur avec étonnement:

— Ils sont vraiment têtus, ces Patriotes. Même en prison, ils pensent à reprendre le combat. Et ceux qui sont en exil, ne songent qu'à la même chose.

— Oui, mais ils n'ont pas l'air plus habiles qu'avant. Deux tentatives qui tournent en deux échecs à quelques jours d'intervalle, ça n'a rien de très brillant. Je ne m'en vanterais pas à leur place.

— Tu crois qu'ils finiront par gagner leur cause?

— Ah! Qui vivra, verra! Écoute, tu le sauras.

135

Quelle journée! Ce matin m'est arrivée la plus heureuse surprise qui me soit advenue depuis longtemps. Père est revenu.

Quand je suis partie pour travailler, j'ai remarqué un homme qui se cachait sur le côté de la maison et qui semblait m'épier. Lorsqu'il a fait mine de me suivre, j'ai pris peur. Alors d'une voix forte, je lui ai demandé de se montrer, de me dire ce qu'il me voulait.

Il s'est aussitôt montré à moi en me faisant signe de me taire. Comment exprimer la joie qui m'envahit en le reconnaissant? Mon cœur battait à tout rompre, mes jambes devenaient molles et avaient de la difficulté à me soutenir. J'étais incapable de parler.

Je lui ai sauté au cou et je l'ai senti tout faible dans mes bras. Vite, je l'ai fait passer à l'intérieur et j'ai tout de suite vu qu'il était malade. J'ai voulu le soigner, mais il n'avait qu'une seule idée en tête: voir Mère et lui parler.

Elle ne l'a même pas reconnu. Pourtant, il lui parlait doucement, comme avant les troubles, mais elle ne bronchait pas. Ses yeux fixaient le vague. Elle semblait tellement loin de nous. Ce fut un dur coup pour Père. Il pleurait en silence.

Ensuite je l'ai soigné. Il s'est infligé une blessure lors du raid sur Potton auquel il a participé. La plaie en soi n'a rien de grave, mais il n'a pas pris le temps de se soigner et l'infection s'est jetée dans sa blessure.

Quand la troupe des Patriotes s'est sauvée vers les États-Unis, il a décidé de remonter vers Montréal au lieu de les suivre. Il jugeait qu'on ne le rechercherait sûrement pas dans ce coin-ci. Mais sa longue route, caché dans le froid et la neige, l'a beaucoup affaibli. Il est brûlant de fièvre. Je n'ai pas travaillé aujourd'hui, car j'ai passé la journée à le veiller. Il est si faible.

**8 avril 1838**

Mon chagrin est immense. Heureusement que tante Marie-Reine m'aide et me réconforte. Depuis son arrivée, l'état de santé de Père n'a fait que se détériorer. Malgré mes soins et les médicaments que le médecin lui avait prescrits, il est tombé dans le grand mal hier soir.

Toute la nuit, il a râlé. Au petit matin, il s'est finalement assoupi. Mais, lorsque le médecin l'a visité dans l'avant-midi, il m'a suggéré d'aller chercher un prêtre avant qu'il ne soit trop tard. Tante Marie-Reine s'en est chargée et, sur l'heure de midi, il a reçu l'extrême-onction.

Maintenant, il est mort... Il nous a quittés tout doucement, sans même se réveiller. Ma tante m'a dit de ne pas m'inquiéter, elle s'occupera elle-même de tous les arrangements. Je lui en suis reconnaissante. Mère ne sait toujours pas ce qui se passe, elle est complètement perdue dans son monde intérieur. C'est peut-être mieux ainsi pour elle. Cette douloureuse épreuve lui est épargnée.

Mais Julien?

Ce matin, j'ai visité mon frère. Ce fut extrêmement difficile de lui annoncer la chose. Tout d'abord Laurent-Olivier m'accueillit de sa façon coutumière:

— Chère mademoiselle Rosalie, votre présence parmi nous est toujours un baume pour nos petits malheurs. Vous me faites l'effet d'un ruisseau murmurant sous les glaces printanières! Venez vite, nous enchanter de...

En voyant ma mine triste, il s'arrêta aussitôt de parler, et il s'en inquiéta:

— Qu'avez-vous, douce amie? Votre teint est plus pâle que le lys. Vous n'êtes pas malade, j'espère?

— Non monsieur mais, si vous me le permettez, j'aimerais avoir un entretien, seule avec mon frère.

Devant ma demande si inhabituelle, les trois compagnons de Julien se retirèrent dans un coin de la cellule et je m'assis sur le lit avec mon frère. La pièce n'est pas très grande et ils pouvaient évidemment tout entendre d'où ils étaient, mais ce sont de galants hommes qui savent se montrer discrets et courtois.

Julien attendait en silence que je m'explique. Je rassemblai mon courage et j'entrepris de lui annoncer la mauvaise nouvelle.

— Julien, Père est revenu à la maison, il y a quelques jours.

138

— Mais il a perdu la raison. Il peut se faire arrêter. Il faut absolument lui trouver une bonne cachette.

— S'il te plaît, ne m'interromps pas et écoute-moi jusqu'à la fin. Il a participé à la bataille de Potton où il a été blessé. Ensuite, il nous a cherchées à Saint-Antoine avant de finalement monter chez notre tante. Malheureusement, sa blessure s'est aggravée... et... et il est... Il est mort, il y a deux jours, finis-je par dire dans un souffle.

Il m'a regardé sans parler. Il s'est levé et a marché sans but en faisant de vains mouvements de bras pour finalement s'arrêter en face du mur. Il s'y est appuyé la tête pour pleurer comme un enfant.

Il y avait tellement longtemps que je ne l'avais pas vu pleurer. Je l'ai rejoint pour lui passer le bras autour du corps et il a laissé tomber sa tête sur mon épaule. Tout son corps était agité de soubresauts et il répétait sans cesse:

— Non! Non! pas ça, pas lui!

Je me sentais terriblement abattue. Ses compagnons d'infortune qui avaient tout compris, s'approchèrent et nous entourèrent pour nous réconforter par leurs bonnes paroles et leur sympathie.

À mon départ, Julien était calmé et je me sentais moralement soutenue par eux, en particulier Laurent-Olivier qui me salua sur ces bonnes paroles:

— Ne vous inquiétez pas, je m'occupe personnellement de remonter le moral de votre frère.
Mais je vous en prie, prenez soin de vous. Je
serais terriblement peiné s'il vous arrivait quelque malheur.

Les jumeaux se regardent en silence, incapables de commenter leur lecture. La triste fin de
leur aïeul les bouleverse profondément. Pour
couper court à leur malaise, Mijanou reprend
son récit.

### 6 mai 1838

Le printemps est enfin arrivé. L'hiver fut si long
cette année que le temps des sucres s'achève
à peine. Pour leur faire plaisir, j'ai acheté quatre
morceaux de sucre d'érable moulés à mes quatre protégés.

Pour le docteur Duvert, j'ai choisi un morceau
ayant la forme d'un chien, pour M. Blanchette,
c'est un hibou, pour Julien, une maison et, pour
Laurent-Olivier, je lui ai pris un cœur ardent. Je
sais bien que l'on offre le cœur ardent qu'à un
fiancé ou un amoureux, mais c'était le dernier
sucre d'érable qui restait au marchand ambu-
lant.

Je crois que cette surprise leur fut très agréable. Mon beau patriote a dit que je lui apportais
un morceau de liberté. Il avait l'air vraiment
heureux. Il y avait un je-ne-sais-quoi au
fond de ses yeux, comme une étincelle de bonheur. J'en suis bien contente, car il est tellement gentil.

J'aime bien leur rendre visite. Malheureusement, cette joie est toujours gâchée par l'attitude des gardiens. Ils sont souvent impolis et même grossiers. Surtout ceux qui surveillent la porte de la cour extérieure. Aujourd'hui, ils se sont surpassés.

Ils me barraient le chemin et m'empêchaient de sortir. Ils insultaient les Patriotes et auraient voulu que je les approuve. Ils me harcelaient avec des paroles grossières et irrespectueuses. J'ai fini par leur dire qu'ils ne savaient pas vivre et qu'ils devraient avoir honte de leur conduite.

L'un d'eux a alors essayé de me molester, il me poussait et disait qu'il savait comment régler mon cas et me faire regretter ma hardiesse. Je lui ai répondu qu'il pouvait toujours le faire et que, plus tard, il pourra raconter à ses petits enfants à quel point il était brave pour s'attaquer ainsi à une jeune fille sans défense.

Heureusement, un des gardiens en chef, alerté par les bruits de voix, vint le remettre à l'ordre et me permit de partir. Mais il me regardait avec des yeux sévères, comme si ce qui arrivait était de ma faute.

Il est vraiment dommage que des Chouayens pareils aient un certain pouvoir entre leurs mains.

**13 mai 1838**

Je suis entièrement bouleversée par ce que j'ai vu aujourd'hui à la prison. Quand je suis entrée dans la cellule, il y régnait un silence inhabituel. J'ai tout de suite aperçu Laurent-Olivier allongé sur son lit, immobile.

141

Julien s'est immédiatement approché de moi pour me raconter leur pénible aventure. Lorsque je les ai quittés la semaine dernière, ils ont vu par la fenêtre les mauvais traitements que me faisaient subir les gardiens.

Laurent-Olivier est alors entré dans une violente colère et il a juré de le faire payer cher au gardien qui me harcelait ainsi. Toute la semaine, il a attendu son heure. Finalement hier, le gardien en question surveillait leur corridor sans savoir ce qui l'attendait.

Mon ami a alors passé mollement ses deux mains par le judas et il a appelé l'homme en lui disant qu'il était malade et qu'il souffrait le martyre. Le gardien, connaissant bien son prisonnier, se méfiait un peu. Mais celui-ci jouait tellement bien son rôle qu'il fit tomber les défenses de son geôlier qui s'approcha tout près de la porte, à portée de main.

Mon beau patriote l'a alors saisi subitement au collet et lui a asséné plusieurs coups de poing au visage en lui disant qu'il allait lui montrer les bonnes manières envers les jeunes filles. L'autre se débattait tant et si bien qu'il finit par se dégager. Malgré tout son nez saignait et il lui manquait deux dents.

Il était à prévoir qu'il y aurait des représailles. Plus tard dans la journée, le gardien est revenu avec trois autres hommes armés de leur fusil. Ils menacèrent de leurs armes les autres prisonniers et emmenèrent avec eux le coupable.

Quand ils revinrent deux heures plus tard, ils traînaient le pauvre homme par les bras et ils le laissèrent tomber au milieu de la cellule. Son

visage et ses mains étaient en sang, ses vêtements étaient déchirés, il respirait péniblement
et gémissait.

Julien voulut intervenir et il leur dit qu'ils
n'avaient pas le droit d'agir ainsi, qu'il porterait
plainte en haut lieu. Pour toute réponse, le gardien appuya son fusil sur le front de mon frère
et ordonna au malheureux blessé de se lever,
sinon il pouvait dire adieu à son ami.

Mon frère prit la chose avec beaucoup de
calme et de sang-froid. Il fixa l'homme dans les
yeux et d'une voix sourde, il le traita lentement
d'être abject et répugnant. Mais pendant ce
temps, Laurent-Olivier se remit péniblement
debout.

Alors le gardien éclata de rire, se plaça derrière
lui et d'un coup de pied, l'envoya frapper le mur.
Puis tous les gardiens se retirèrent en riant et
en insultant les prisonniers.

Julien bouillait de rage et frappait à grands
coups de banc sur la porte, pendant que le
docteur, aidé de M. Blanchette, soignait de son
mieux leur pauvre ami inconscient.

Quand son explication fut terminée, je me suis
approchée de Laurent-Olivier et j'ai pu voir ses
misérables blessures au visage et aux mains.
Le docteur m'expliqua qu'il ne pouvait même
pas panser ses plaies, puisqu'il n'avait aucun
bandage. Je lui répondis sans hésiter que je
portais sur moi exactement ce dont il avait
besoin et que je me ferais un plaisir de lui
donner à la seule condition que ces messieurs
veuillent bien se retourner.

Il me comprit aussitôt et me sourit. Ils se tournè-rent tous vers le mur pendant que j'enlevais un de mes jupons de coton. C'était un jupon que j'avais confectionné aux cours des religieuses. Je me rappelle y avoir brodé mes initiales sur le volant du bas. Je suis bien heureuse de m'en être départie et qu'il serve à soulager les misères de ce brave jeune homme.

J'ai ensuite aidé le docteur à y découper des bandes pour soigner ses plaies. Avant de partir, je me suis penchée sur mon pauvre ami pour le saluer:

— Monsieur Valois, s'il vous plaît, promettez-moi que vous serez plus prudent et plus rai-sonnable à l'avenir. Si vous continuez à courir après les problèmes de cette façon, vous ne sortirez jamais vivant d'ici.

Tout doucement, il a pris ma main dans les siennes, l'a embrassée et m'a répondu:

— Mademoiselle Rosalie, sur mon honneur, et c'est tout ce que je possède, je ne puis laisser quiconque vous traiter de la sorte sans réagir. Je dois vous dire que de toute ma vie, je n'ai jamais rencontré une personne ayant autant de bonté et d'attention pour moi. Je vous en remercie du plus profond de mon cœur.

Je les quittai, un peu étourdie par ses paroles.

J'étais toute à mes pensées et je ne me méfiais pas. J'aurais peut-être dû, car à la sortie, les quatre gardiens m'attendaient prêts à me faire un mauvais parti. Ils m'insultaient, me bouscu-laient et disaient que j'étais un trop beau mor-ceau pour le perdre aux mains des Patriotes.

L'un d'eux essayait de me toucher partout. J'avais terriblement peur et je me mis à crier. Il me frappa et je criai encore plus fort. J'étais certaine d'être perdue quand, soudain, je vis une canne passer au-dessus de ma tête et frapper le gardien.

J'entendis une voix forte les traiter de lâches et d'hommes sans honneur. C'était un homme âgé de 40 à 45 ans qui venait à mon secours. Il leur dit que cette attaque sauvage sur une faible jeune fille leur coûterait très cher, qu'il allait en parler aux autorités de la prison.

Les gardiens reculèrent devant lui. Ils semblaient le craindre et avoir peur de ce qui pourrait leur advenir. Ils bredouillaient de vagues excuses n'ayant ni queue ni tête. L'homme nota leur nom, puis s'occupa de moi. Il était arrivé à temps et j'avais eu plus de peur que de mal, mais je me sentais les jambes molles.

Il m'installa dans une calèche et donna l'ordre au cocher de partir. Comme j'avais les yeux pleins d'eau et la gorge étranglée par le choc de cette aventure, il m'expliqua doucement qu'il me conduisait chez lui où sa femme s'occuperait de moi. Quand il me vit plus rassurée, il se présenta: Théophile Goyette, avocat.

Il m'expliqua qu'il sortait tout juste de la prison où il avait visité des clients patriotes, quand il s'aperçut des mauvais traitements que ces barbares me faisaient subir. Il ajouta que j'étais bien chanceuse qu'il soit allé travailler ce matin.

L'homme me semblait bon et aimable, mais je devais probablement être encore sous le choc de cette attaque, car je me sentais un peu craintive. Mais chez lui, il me présenta à sa femme, Julie Goyette, à qui il conta toute ma mésaventure. Elle fut bouleversée de cette histoire et voulut à tout prix me réconforter.

Je crois que c'est la plus belle femme que j'ai jamais vue de ma vie.

Ses immenses yeux noirs, bordés de grands cils foncés, posent sur les gens un regard doux et compréhensif. Les traits de son visage semblent presque parfaits. Ses cheveux sont aussi noirs que le charbon de bois. Tout dans sa démarche dénote une grande dame.

Elle m'a beaucoup impressionnée. Sans même m'en apercevoir, je lui ai raconté toute mon histoire: les batailles de Patriotes, la maladie de Mère, la mort de Père, l'arrestation de mon frère, mon travail de servante et même les mauvais traitements de Laurent-Olivier.

M. Goyette décida d'aller trouver immédiatement les autorités de la prison pour porter plainte officiellement de la conduite de ces mauvais hommes.

Cette agression m'a affectée beaucoup plus que je ne l'avais cru. J'avais les mains qui tremblaient et je me sentais encore un peu faible. Mme Goyette m'offrit de passer l'après-midi avec elle, car j'étais incapable de me rendre à mon travail. Elle me questionna sur moi, mon éducation, mes parents et m'écouta avec beaucoup d'attention.

Quand son mari revint, un peu plus tard, elle eut un entretien privé avec lui. Puis M. Goyette me fit une proposition intéressante. Il me demanda s'il me plairait d'entrer à leur service comme gouvernante-éducatrice auprès de leurs trois jeunes enfants. Les gages qu'ils m'offraient étant plus du triple de ce que je gagne comme servante, j'ai accepté avec empressement.

Je dois avouer que de travailler à l'éducation de trois charmants enfants m'intéresse bien plus que l'ouvrage d'une servante.

# 9

## Dernière chance

MIJANOU ET NICOLAS SE SENTENT encore impressionnés par leur lecture d'hier après-midi. Plus les événements s'accumulent, plus ils ont hâte de connaître la suite.

Ils laissent tomber les bavardages inutiles et parcourent des yeux les pages jaunes et sèches du petit manuscrit.

**20 mai 1838**

Ce matin, je suis retournée à la prison. M. Goyette a eu la gentillesse de m'accompagner Il dit que c'est plus prudent et que je ne devrais plus y retourner seule. De plus, comme il a des clients à visiter, cela ne lui pose aucun problème de m'emmener avec lui.

Julien m'a tenu le même propos. De sa fenêtre, il avait vu l'altercation avec les gardiens et il enrageait de ne pouvoir courir à mon aide. J'imagine sa détresse de devoir assister impuissant à un spectacle aussi dégradant. Il a ajouté qu'il est immensément reconnaissant envers l'homme qui m'a sauvée.

Il m'a dit qu'il préférait que je ne revienne plus, car c'est beaucoup trop risqué pour moi et que, s'il fallait qu'il m'arrive un semblable malheur, il ne se le pardonnerait jamais. Je l'ai bien vite rassuré en lui racontant l'offre de M. Goyette.

— Ne t'inquiète plus, mon cher frère. J'ai à la fois trouvé un bien meilleur travail, moins fatigant et dans une meilleure famille, et un défenseur lors de mes visites ici en la personne de ce brave homme.

Julien se sentit soulagé et Laurent-Olivier aussi. Mon beau patriote guérit vite et a repris ses forces, à ma grande joie. Quand M. Goyette vint me rejoindre dans la cellule, après son travail, ils s'empressèrent de le remercier chaudement.

L'avocat leur apporta une nouvelle qui leur fit plaisir. Il a entendu dire que d'ici l'été, le gouverneur général cherchait un moyen de régler le conflit avec les Patriotes. D'après lui, il y aurait plusieurs libérations en vue.

Cela a remonté le moral de tous les prisonniers. Les pauvres, ils doivent bien vivre d'espoir. Espérons que cela se réalisera.

**10 juin 1838**

Les choses semblent s'arranger tranquillement. En effet, Mère reprend quelque fois ses esprits. Elle nous reconnaît parfois et elle m'écoute avec une certaine attention durant de courtes périodes. Peut-être est-ce le beau temps qui lui rend le goût de vivre.

Je suis heureuse de mon travail. Mme Goyette a un fils de cinq ans et deux filles de huit et dix ans. Tous les trois sont bien élevés, vifs et intelligents. C'est un vrai plaisir de s'en occuper.

Comme je m'étonnais du très jeune âge de ses enfants, cette aimable dame m'a expliqué que, malgré tous ses efforts, elle fut incapable de devenir grosse pendant leurs sept premières années de mariage. Elle a ajouté, à mon grand étonnement, que c'était probablement une punition de Dieu, car il faut toujours payer un jour pour ses fautes.

Je n'ai pas compris ce qu'elle voulait dire et elle a refusé de s'expliquer en disant qu'elle ne désirait pas m'embêter avec cette vieille histoire.

C'est une femme d'une grande bonté et très charitable, mais qui a parfois des accents d'une infinie tristesse. Je ne sais quel chagrin lui pèse sur le cœur, mais il semble bien lourd à porter. Sa plus grande joie réside en ses enfants dont elle s'occupe avec beaucoup d'affection.

M. Goyette se préoccupe beaucoup du sort des Patriotes. Il les visite régulièrement en prison et cherche, par tous les moyens légaux, à leur venir en aide. Il est certain que tout cela sera bientôt réglé. Ses opinions personnelles ne diffèrent pas tellement de celles que professait mon père, à une exception près. Il croit que la lutte armée ne donnera jamais rien pour deux raisons principales. Premièrement, personne dans les rangs patriotes ne possède une bonne formation de soldat ou d'officier. Deuxièmement, pour se battre et gagner, il faut des armes, de bonnes armes...

De plus, je crois qu'au fond de lui-même, c'est un homme essentiellement pacifique. Il espère sincèrement améliorer notre sort par des moyens légaux plus longs, mais moins dangereux pour la population. J'en arrive à croire qu'il a raison. Peut-être parviendra-t-il à convaincre Julien et Laurent-Olivier.

**28 juin 1838**

Quelle joie! Quel bonheur! Le gouvernement a décrété une ordonnance qui déclare la mise en liberté de la majorité des prisonniers moyennant un cautionnement. Nous devons cette libération à huit des chefs patriotes prisonniers qui ont signé un aveu de culpabilité. En échange, ces braves hommes seront déportés aux îles de la Bermude et tous les autres prisonniers ont obtenu leur liberté sans qu'on leur fasse de procès.

Je suis tellement heureuse que je ne tiens plus en place. Demain, je partirai pour Saint-Antoine y chercher les bijoux et l'argent que j'ai enterrés dans la cave. J'espère que personne ne les a trouvés, car j'en ai bien besoin pour la caution de Julien et Laurent-Olivier. Elle s'élève à mille livres chacun.

Julien veut payer celle de son nouvel ami. Celui-ci insiste pour dire qu'il ne s'agit que d'un prêt et qu'il nous remboursera jusqu'au dernier sou.

M. Goyette tient absolument à m'accompagner, car il craint ce qui pourrait advenir. Après tout, on ne sait jamais. Quelqu'un peut s'être installé dans notre demeure, ou encore des voleurs pourraient me surprendre sur le chemin.

C'est un homme prévenant et gentil. Lui et sa femme se portent une affection sans borne et une tendresse évidente. Ils forment un couple attachant. J'ai beaucoup d'amitié et de reconnaissance pour eux.


### 5 juillet 1838

C'est aujourd'hui le grand jour de la libération. À ma grande joie, notre maison de Saint-Antoine ne fut pas brûlée. Mais les pillards et les voleurs ne l'épargnèrent pas. J'ai trouvé les vitres brisées et l'intérieur complètement saccagé.

Même les meubles ont été volés. Il y aura beaucoup de travail à faire pour tout remettre en ordre. Mais le plus important, pour l'instant, c'est que personne n'a découvert ma cachette. M. Goyette m'a aidé à creuser. Tout y était: les bijoux, l'argent et les quelques objets précieux que j'avais enfouis là avant mon départ.

De retour à Montréal, j'ai vendu les bijoux à un joaillier. Si je compte aussi l'argent que j'ai rapporté de Saint-Antoine, j'ai en tout 4 324 livres. C'est amplement suffisant pour faire sortir mon frère et son ami de prison.

Je n'ai pas à m'inquiéter pour le sort du docteur Duvert et de M. Blanchette. Dès que leurs familles ont été averties, elles se sont hâtées de rassembler l'argent nécessaire à leur caution.

Cet après-midi, M. Goyette et moi nous irons les chercher. Je trépigne de joie et d'impatience. Mme Goyette insiste pour recevoir Julien et Laurent-Olivier à manger ce soir. Elle leur a préparé un véritable festin. Elle dit que le temps des privations est fini et qu'ils méritent bien qu'on les gâte un peu.

Je suis si heureuse...

### 25 juillet 1838

Nous nous sommes installés à Saint-Antoine depuis un peu plus de deux semaines et déjà la maison a retrouvé son aspect d'autrefois.

J'ai quitté mon emploi chez les Goyette et, même si je m'ennuie un peu d'eux et de leurs enfants, je ne le regrette pas. Je suis enfin de retour chez moi! Évidemment, bien des choses ont changé depuis l'automne passé, mais je suis heureuse d'être ici. Mère guérira sûrement plus vite dans son foyer, surtout que j'ai le temps de m'occuper d'elle. Julien a trouvé un emploi comme apprenti chez un notaire du village.

Mon frère semble avoir mis de côté tous ses penchants patriotiques. Il n'en parle jamais.

Depuis sa libération, nous n'avons aucune nouvelle de Laurent-Olivier. À sa sortie de prison, il nous a annoncé son intention de retourner à Saint-Eustache pour trouver du travail. Julien aurait bien aimé qu'il vienne s'établir à Saint-Antoine, mais je lui ai fait comprendre que notre ami désirait sûrement revoir son village et les gens qu'il connaît.

Je sais bien que Julien s'ennuie de lui. Pour être franche, moi aussi. Sa gaieté, sa joie de vivre, ses paroles enjouées et ses manières si divertissantes me manquent beaucoup plus que je ne l'aurais d'abord cru.

Je pense souvent à lui et je me demande ce qu'il devient, s'il a du travail, s'il mange à sa faim tous les jours. J'ai parfois comme un pincement au cœur en pensant à lui. Il est tellement loin.

### 25 octobre 1838

Déjà la saison des arbres dépouillés et de la froidure qui revient! Je n'ai pas vu passer l'été, tellement il y avait de travail: remettre la maison en état, cultiver un petit jardin, prendre soin de Mère et s'occuper de l'ordinaire. Je me sens lasse.

Pourtant aujourd'hui est un grand jour. je devrais plutôt me réjouir. Il est ici. Oui, Laurent-Olivier est venu ici aujourd'hui. Nous ne l'avions pas revu depuis le mois de juillet. Il a l'air en pleine forme, son visage bruni par le soleil reflète la santé et le contentement.

Quand il est arrivé au milieu de l'après-midi, Mère était installée sur la galerie pour profiter des dernières chaleurs du soleil. Elle eut si peur de lui, qu'elle s'est mise à crier: «Un envoyé du démon arrive, vite chassez-le!»

Pauvre Mère, je crois que ses problèmes empirent. J'ai tenté de la calmer puis je l'ai couchée dans sa chambre. Julien et moi étions un peu embarrassés de sa réaction. Mais Laurent-Olivier nous a assuré qu'il comprenait et qu'il était désolé de l'avoir effrayée.

Il a aussitôt sorti de sa poche une bourse pleine d'argent en disant:

— Mille livres, c'est la somme que je vous dois. Tu peux compter Julien, il n'y manque pas un sou.

— Je te fais confiance, lui répondit mon frère. Je suis étonné, je ne m'attendais pas à être remboursé si vite. Tu es certain de ne pas avoir besoin de cet argent?

— Cet argent t'appartient. Ne t'inquiète pas pour moi. Je me débrouille très bien pour survivre.

Je l'ai invité à souper et, durant la veillée, il nous a raconté les divers emplois qu'il a occupés cet été. Il est fort débrouillard et l'ouvrage ne lui fait pas peur. Il travaillait aux champs pendant la saison des récoltes, servait d'aide chez un forgeron presque tous les jours et fabriquait des meubles pour un menuisier à temps perdu. L'ouvrage ne semble pas lui faire du mal. Au contraire, il déborde d'énergie et d'appétit... Il a dévoré durant le repas.

Je suis très heureuse de le revoir, mais j'éprouve un certain malaise, car il a parlé un peu des Patriotes. J'ai bien vu les yeux de Julien s'illuminer. J'ai peur que la folie de l'automne passé ne revienne.

Julien l'a invité à rester chez nous, car il a l'intention de travailler comme journalier dans le village pour un certain temps. Mon beau patriote ne m'a pas beaucoup parlé et j'ai l'impression qu'il évitait mon regard. Peut-être est-ce parce que... Oh! Je suis folle de penser ainsi. Après tout, je ne suis pas fiancée avec lui. Il n'y a aucune raison pour qu'il ne s'intéresse qu'à moi. Il peut très bien avoir rencontré une jeune fille de son goût et cela ne me concerne pas...

### 31 octobre 1838

Ça y est, c'est recommencé. Ce que je craignais s'est produit. Laurent-Olivier a réussi à convaincre Julien de se joindre à lui pour aller retrouver un groupe de Patriotes réunis à Châteauguay pour un nouveau soulèvement. Mais je ne peux pas blâmer notre ami, je connais mon frère. La prison ne l'a pas fait changer d'idée, au contraire.

157

Il blâme le gouvernement pour sa mauvaise administration. Je crois aussi qu'il veut venger la mort de Père. Quand j'ai su cela, j'étais terriblement dépitée, car je désapprouve ce qu'ils font. Cela m'a tellement énervée que je me suis coupée à la main en voulant trancher du pain.

Laurent-Olivier a tout de suite sorti un mouchoir de sa poche pour éponger ma main. J'ai alors reconnu ce bout de tissu. C'était un morceau de mon jupon qui avait servi à le panser à la prison. Sur un coin, il y avait encore mes initiales brodées.

Devant ma surprise, il bredouilla qu'il avait conservé ce bout d'étoffe comme porte-bonheur. J'ai senti une vague de chaleur m'envahir et mes joues s'empourprer. Ainsi, il ne m'avait pas oubliée. Cela me fit tellement plaisir que j'en faiblis.

Heureusement, il a cru que c'était ma coupure qui me faisait cet effet-là. Comment pourrais-je jamais lui avouer que je l'aime?

### Premier novembre 1838

Ils sont partis très tôt ce matin. Je leur ai donné des provisions de bouche.

Avant leur départ, ils m'ont expliqué qu'ils allaient se joindre à un mouvement secret nommé les «Frères Chasseurs». Laurent-Olivier en fait partie depuis quelque temps déjà. Il prétend qu'il existe plusieurs groupes comme celui-là, un peu partout dans le pays. Leurs ordres leur sont donnés par les Patriotes qui sont encore en exil aux États-Unis.

Il est certain que, cette année, ils auront plus de succès, car ils sont mieux dirigés. De plus, leur objectif premier est de trouver des armes.

Ce soir, ils seront à Châteauguay où ils se mettront sous les ordres de J.-N. Cardinal et J. Duquette. Je leur souhaite de la chance dans leur entreprise, ils en auront bien besoin.

### 15 novembre 1838

Depuis quelques jours, je n'entends que des nouvelles contradictoires sur le soulèvement. Mais un fait demeure certain. La révolte est vaincue depuis le 10 novembre.

Il y avait des rassemblements de Frères Chasseurs à Beauharnois, à Châteauguay, à Sainte-Martine, à la Pointe-Olivier, à la Rivière-à-la-Tortue, à Terrebonne, à Napierville. Partout, il y eut de petits affrontements, sans gravité. Les seules grandes batailles eurent lieu à Lacolle et à Odelltown.

Mais les soldats ont fait beaucoup de prisonniers. On avance même le chiffre de 800 Patriotes emprisonnés à Montréal. Mais je n'ai aucune nouvelle de Julien et Laurent-Olivier.

Je suis terriblement inquiète et je ne peux partir à leur recherche en laissant Mère seule!

### 20 novembre 1838

J'ai lu dans le journal que les procès des Patriotes débutent aujourd'hui. Il y avait aussi la liste des prisonniers et une description des événements.

159

Julien et Laurent-Olivier furent arrêtés le 4 novembre alors qu'ils tentaient d'aller s'emparer des armes des Indiens de Caughnawaga. Ce sont les Indiens eux-mêmes qui les ont capturés avec plusieurs autres Patriotes pour les livrer aux autorités.

Ils sont accusés de haute trahison. Je sais qu'ils ne seront pas les premiers à comparaître en cour. Leur procès se tiendra en janvier seulement.

Cette tentative d'insurrection laisse le pays dans les mêmes horreurs que celles qui ont été vécues l'an dernier: les maisons incendiées par centaines, des femmes et des enfants jetés à la rue et obligés de mendier. Quelle misère! Quelle tristesse!

### 22 décembre 1838

Hier, ont eu lieu les premières exécutions. Deux hommes, des chefs patriotes de Châteauguay, ont été pendus. Lors du premier procès, onze hommes furent condamnés à mort, et un seul acquitté. Ceux qui n'ont pas encore été exécutés, attendent dans l'angoisse l'annonce de l'application de leur sentence. Lors du deuxième procès, un autre homme a été condamné à mort.

J'ai peur. J'ai peur que presque tous les prisonniers soient condamnés à mourir, pendus. Je me sens seule, terriblement seule. Mère ne comprend toujours rien à ce qui se passe. Elle agit comme une enfant un peu idiote.

160

Hier, je l'ai cherchée pendant plus d'une heure dans le village. Je l'ai finalement retrouvée assise au bord de la rivière, sans manteau, pieds nus dans la neige. Elle va tomber malade, c'est certain. Si ça continue ainsi, je devrai l'enfermer dans sa chambre. Elle pourrait mettre le feu à la maison, sans s'en apercevoir.

### 29 décembre 1838

Mère est très malade, elle tousse beaucoup et fait de la fièvre. Le docteur m'a dit que, dans son état, cela peut lui être fatal. J'ai demandé au prêtre de la voir avant qu'il ne soit trop tard.

### 5 janvier 1839

Mère est morte, il y a deux jours. Plus rien ne me retient ici. Je pars pour Montréal. Là, je pourrai peut-être aider Julien et Laurent-Olivier.

### 11 janvier 1839

Le voyage fut long et pénible. Il faisait tellement froid et les chemins étaient mauvais. Tante Marie-Reine m'a accueillie généreusement. La perte de Mère l'attriste beaucoup, mais elle se console en se disant qu'elle n'avait déjà plus toute sa tête à elle.

Je suis allée visiter mon frère et notre ami en prison. Les malheureux, ils sont vraiment démunis. Ils sont ensemble dans un cachot étroit situé à l'étage inférieur de la nouvelle prison, au Pied-du-Courant.

Ils n'ont rien : pas de banc, pas de lit, pas même de couverture pour s'abriter du froid. On ne leur donne que de l'eau et du pain. Les quelques tranches de jambon que je leur apportais leur firent grandement plaisir. J'aurais voulu leur donner plus. J'y penserai à ma prochaine visite, je leur apporterai deux bonnes couvertures de laine.

Je les trouve bien maigres, mais leurs souffrances physiques ne semblent pas affecter leur moral. Pourtant, ils savent qu'ils risquent la mort. Je crois qu'ils se préparent mentalement pour leur procès.

Cela ne me servirait à rien d'aller voir M. Goyette, car ils n'ont pas le droit d'être défendus par un avocat. Ils doivent assumer seuls leur défense.

À la nouvelle de la mort de Mère, Julien est demeuré froid. Il n'a semblé ni triste, ni affecté d'aucune manière. Il s'y attendait peut-être. À moins qu'il ne soit trop préoccupé par sa propre situation pour s'apitoyer sur le sort de Mère...

**6 février 1839**

Je viens de recevoir le plus affreux des cadeaux de fête. Le procès s'est terminé aujourd'hui et ils sont condamnés à mort, tous les deux.

Ils ne sont pas les seuls. À ce jour, au moins cinquante hommes ont été condamnés à la même peine. Mais seulement huit d'entre eux ont été exécutés. Peut-être y a-t-il de l'espoir pour les autres.

Quel triste spectacle que celui d'une exécution! J'ai malheureusement assisté à la dernière, sans le vouloir. Je désirais aller visiter mon frère, mais à la porte de la prison, une grande foule était rassemblée pour ne rien manquer de ce «divertissement».

Cinq hommes sont montés sur l'échafaud pour rendre leur âme à Dieu. J'ai vu quelques femmes et des enfants qui pleuraient, gémissaient et priaient à genoux dans la neige. Pendant l'exécution, j'ai détourné la tête pour ne rien voir.

J'avais le cœur serré en songeant que le même sort attend peut-être Julien et Laurent-Olivier. Quelqu'un m'a mis la main sur l'épaule pour me réconforter. C'était M. Goyette. Il m'a vite entraînée chez lui, loin de cette horrible scène.

Lui et sa femme étaient déjà au courant de l'arrestation de mon frère. Ils m'ont proposé de reprendre ma place auprès d'eux et j'ai accepté. Il faut bien que je travaille, l'argent ne tombe pas du ciel.

Mais tout espoir n'est pas perdu. M. Goyette m'assure qu'ils ne peuvent pendre tous les prisonniers. Ils se contenteront d'en exécuter quelques-uns pour servir d'exemple aux autres et maintenir le peuple dans la peur. J'espère qu'il dit vrai. Mourir à dix-neuf ans, c'est bien jeune.

**29 mars 1839**

C'est affreux. Je suis allée les voir ce matin. Je les ai trouvés dans un piteux état. Julien ne

163

parlait pas, il était assommé par l'horrible nouvelle. Laurent-Olivier a fini par m'annoncer que la date de leur exécution était fixée au 10 avril 1839.

— Non, ce n'est pas possible, m'écriai-je. En êtes-vous sûr?

— Deux gardiens sont venus nous prévenir ce matin de préparer nos âmes pour cette épreuve.

J'étais abasourdie. Le beau visage de mon patriote était décomposé par l'émotion qui l'étreignait. J'ai cru défaillir tant mon angoisse était profonde. Je me voyais debout au bord d'un gouffre insondable. Que faire? Quelle action tenter pour les sauver?

Oui, il me faut les sauver. Cette idée agit comme un stimulant sur moi et me permit de me montrer forte devant eux.

Je m'approchai de Julien pour l'encourager à garder quelque espoir. Je remarquai tout de suite qu'il était brûlant.

— Votre frère est un peu souffrant depuis quelques jours, m'expliqua Laurent-Olivier. Je crains fort qu'il n'ait pris froid dans ce cachot humide.

— Ne t'en fais pas pour ça, lui répliqua Julien d'un ton amer. Quand je monterai sur l'échafaud, je cracherai aux visages de mes bourreaux et j'espère les rendre si malades qu'ils crèveront tous, les misérables.

— Oh! Julien, je t'en prie, ne parle pas ainsi, lui dis-je aussitôt. Je ferai l'impossible pour vous sortir de là.

— Ma pauvre petite sœur, ne te fais pas d'illusions. Aucun des condamnés à qui l'on a annoncé la date de sa sentence, n'a pu échapper à son exécution. Notre tour est venu et nous irons la tête haute, sans crainte. Ma seule douleur est de te savoir seule, sans personne pour te protéger, te soutenir. Je t'en prie, pars vite, avant que le courage ne me manque.

Il m'embrassa tendrement et se réfugia dans un coin de la cellule, accroupi, la tête sur les genoux enfouie dans ses bras. Quelle vision pitoyable! J'en avais le cœur chaviré.

Je me tournai vers Laurent-Olivier pour lui faire mes adieux et je vis sur ses joues, deux grosses larmes. Je pris ses mains dans les miennes pour lui apporter un maigre réconfort. Il tomba aussitôt à genoux et me fit ce touchant aveu:

— Oh! Rosalie, chère Rosalie, je ne peux partir pour l'autre monde sans vous dire le fond de mes sentiments. Dès notre première rencontre, je vous ai trouvée la plus charmante des demoiselles. Votre courage, votre dévouement et votre beauté m'ont immédiatement ensorcelé.

«Soyez assurée que, si je n'étais à quelques pas de la mort, jamais je n'aurais osé vous l'avouer. Comment un jeune homme comme moi, sans famille et sans avenir, pourrait-il un seul instant imaginer unir sa vie à celle d'une demoiselle de bonne famille comme vous? Vous méritez beaucoup mieux que moi. Aussi, veuillez pardonner mon sans-gêne et mon audace, et les porter sur le compte d'un égarement passager causé par la terrible nouvelle qui m'accable.»

— Pourquoi a-t-il fallu que vous attendiez aujourd'hui pour me dire tout cela? J'aurais été tellement heureuse de devenir votre compagne pour la vie.

— Vous me comblez, mon amie. Jamais je n'aurais cru pouvoir mourir avec cette joie au cœur. Savoir que vous m'aimez, m'enlève toute crainte et tout désespoir. Tenez, c'est pour vous.

Il enleva la croix en argent qu'il portait au cou et me la donna. Il fouilla dans sa poche et en sortit une lettre pour moi.

— Il y a longtemps que je l'ai écrite, mais jamais je n'ai eu le courage de vous la remettre, ajouta-t-il doucement toujours agenouillé devant moi.

— Vous! Manquer de courage, c'est impossible. Vous êtes si brave et téméraire, lui répondis-je en caressant doucement ses cheveux.

Il m'embrassa longuement la main, puis me repoussa avec délicatesse.

— Partez, partez vite que je garde au fond de mon cœur le souvenir de ce moment bienheureux.

Je les ai quittés très vite, sans ajouter une seule parole. De retour à la demeure des Goyette, je me suis empressée de lire, seule dans ma chambre, les quelques mots jetés sur le papier par mon tendre amoureux.

*Douce et aimable Rosalie, je me sens d'une audace sans bornes et je me permets de vous écrire. Aurais-je aussi la folie de me risquer à vous remettre cette lettre? Je ne sais... Mais pour l'instant, je vide mon cœur et je me confie à ce bout de papier.*

*De toute ma vie, je n'ai été aussi charmé. Je reste sans mot pour vous décrire et vous expliquer les sentiments enflammés qui m'attirent vers vous. Devant tant de charme et de grâce, je suis désarmé et totalement incapable de me défendre. Je vous en prie, soyez clémente envers le malheureux homme que je suis et qui dépose à vos pieds ses sentiments les plus purs et les plus nobles.*

*Comme j'aimerais être près de vous en ce moment, mais cela est impossible. Aussi je presse contre mon cœur, ce petit morceau de votre jupon portant vos initiales que j'ai récupéré avant mon départ de la prison.*

*Oh! Rosalie, Rose de ma vie, je ne puis détourner mes pensées de vous. Je vis dans le seul espoir de vous revoir un jour, bientôt peut-être...*

Comment ne pas pleurer après un tel aveu? Mme Goyette m'a entendue, et inquiète, elle est venue me rejoindre pour me consoler. Je lui ai conté la chose et elle m'a écoutée avec sa bonté habituelle. Lorsque je lui ai montré la croix en argent, elle est devenue toute pâle. Elle semblait envahie par des sentiments violents et pénibles. Ses yeux étaient pleins d'eau et elle m'a quittée subitement. J'étais étonnée, jamais elle n'avait agi ainsi.

167

M. Goyette m'a rejointe peu après et il m'a questionnée sur la façon dont les deux prisonniers ont été prévenus de leur arrêt de mort. Pour lui, tout cela est un peu bizarre. Habituellement, c'est le directeur de la prison qui se charge lui-même d'informer les prisonniers. Il ne confie jamais cette tâche à des subalternes.

Il m'a promis que, dès demain matin, il ira tirer cette affaire au clair. J'espère qu'il a raison et que tout cela n'est qu'une mauvaise plaisanterie de la part des geôliers.

Laurent-Olivier, mon beau patriote, je pense à vous et de tout mon cœur, j'espère vous revoir vivant, vous et mon cher frère.

**2 avril 1839**

M. Goyette a eu la preuve que quelques gardiens se sont moqués de certains prisonniers, dont mon frère et Laurent-Olivier.

Ce n'est là qu'une preuve de plus de leur méchanceté et de leur lâcheté. Comment peut-on avoir si peu de cœur et s'attaquer ainsi à de pauvres hommes qui pâtissent derrière les barreaux?

J'ai tout de suite couru à la prison, leur porter la bonne nouvelle. Décrire leur joie et leur bonheur est une tâche au-dessus de mes capacités. Pour les revigorer, je leur ai apporté un panier rempli de petites gâteries dont un plat de sucre à la crème, des petits gâteaux, des pommes...

Mon amoureux s'est montré un peu plus timide, aujourd'hui. Surtout lorsque je lui ai dit que sa lettre m'avait beaucoup émue. Il était inquiet de ma réaction. Il avait peur que je ne le trouve trop entreprenant.

Mais je l'ai vite rassuré en lui avouant mon affection pour lui. D'ailleurs, comment ne pas l'aimer?

Mais je suis tout de même inquiète pour mon frère. Je lui ai donné un médicament pour le soigner, mais je crains que ce ne soit pas suffisant. Il aurait plutôt besoin de vivre dans un endroit plus sec et plus chaud où règne un air moins vicié. Mais il est jeune et a toujours eu une bonne santé, il guérira sûrement très vite.

### Premier mai 1839

Le dernier procès vient de se terminer. Encore une condamnation à mort. En tout, depuis le 28 novembre 1838, 99 prisonniers furent condamnés à mourir. De ceux-ci, seulement douze furent exécutés, jusqu'à ce jour. Qu'arrivera-t-il aux autres?

M. Goyette est convaincu que le gouvernement ne peut pas tous les pendre. Et il ne peut non plus les garder éternellement en prison. Cela lui coûte trop cher! Mais que feront-ils, alors? À cette question, il se contente de hausser les épaules. Pourtant, je suis certaine qu'il a sa petite idée là-dessus. Son silence m'intrigue un peu.

Mais ce qui me surprend le plus, c'est l'attitude de Mme Goyette. Depuis la fausse annonce de l'exécution, elle ne cesse de me questionner sur Laurent-Olivier. D'où vient-il? Comment a-t-il été élevé? Par qui? Son intérêt subit pour lui doit sûrement provenir d'un bon sentiment pour moi, mais cela me laisse songeuse. Elle y met tellement d'insistance.

Je me tracasse aussi pour Julien. Il ne guérit pas aussi vite que je l'aurais espéré. Jamais je ne pourrais accepter qu'il lui arrive malheur. J'ai déjà perdu mon père et ma mère. Je ne pourrais supporter de le perdre à son tour. Non, vraiment, cela me serait par trop pénible.

### 20 mai 1839

Enfin de bonnes nouvelles! Le gouvernement a enfin décidé du sort des prisonniers. Une cinquantaine d'entre eux seront déportés en Australie, tandis que les autres seront libérés sous caution. Julien et Laurent-Olivier sont de ceux-ci.

J'ai d'abord pensé vendre notre demeure de Saint-Antoine pour pouvoir payer leur cautionnement. Mais M. Goyette m'a convaincu de la fausseté de cette idée. Ce serait une grande erreur que de me départir de notre héritage familial.

À la place, il m'offre de me prêter l'argent nécessaire à leur libération. Quand ils seront libres, ils travailleront pour le rembourser. M. Goyette est un homme plus que généreux, il ne demande aucun intérêt pour ce prêt et ne pose aucune limite de temps au remboursement de cette somme.

170

Demain après-midi, nous passerons à la banque avant d'aller les chercher à la prison. Je n'ai jamais vu Mme Goyette dans un tel état de surexcitation. Je comprends de moins en moins son attitude.

### 21 mai 1839

Les joies et les surprises se sont succédé aujourd'hui. Immédiatement après leur mise en liberté, M. Goyette les a conduits chez lui et il a fait mander un médecin pour soigner mon frère. Le pauvre, il est si faible que Laurent-Olivier doit le soutenir constamment.

Je les ai conduits à la chambre que Mme Goyette a bien voulu aménager pour eux. Un bon bain chaud et des vêtements propres les y attendaient. Puis elle nous fit servir un excellent repas chaud auquel Julien et Laurent-Olivier firent honneur.

À ma grande joie, le visage de Julien reprit quelques couleurs grâce à tous ces bons soins. Quand le docteur l'examina, il nous rassura en disant que le malade n'avait besoin que de repos et d'une bonne nourriture pour se porter mieux.

Ensuite, M. Goyette vint chercher Laurent-Olivier pour avoir une discussion avec lui. Je crus qu'il voulait convenir avec lui du mode de remboursement de son prêt. Je restai auprès de mon frère à bavarder et à faire des projets pour l'avenir. Il me promit que toutes ses idées de batailles et de luttes patriotiques étaient choses du passé. Dorénavant, il se tiendra tranquille.

Il ambitionne de terminer ses études de notaire et son plus cher désir est de s'établir tranquillement une clientèle à Saint-Antoine. Il veut y poursuivre l'ouvrage de Père.

Nous jasions de choses et d'autres lorsque notre ami est revenu. Je remarquai tout de suite son extrême pâleur et l'agitation inhabituelle qu'il démontrait. Julien s'en inquiéta et le questionna. Il semblait incapable de nous répondre et tournait en rond dans la chambre avant de finalement s'asseoir sur le bord du lit où mon frère était étendu. Julien lui saisit les deux mains pour lui parler.

— Laurent, mon ami, tu as les mains froides et tu trembles. Dis-moi ce qui t'arrive. Que t'ont-ils dit? Est-ce qu'ils t'ont insulté et dit des choses désobligeantes?

— Rien de tout cela, soupira-t-il. Rien de tout cela.

— Alors quoi? Parle! Ne nous laisse pas dans l'attente et l'incertitude.

Il a alors relevé ses beaux yeux noirs pour poser sur nous un regard empli de tristesse.

— Ce qui m'arrive là est à peine croyable. Écoutez-moi bien. M. Goyette m'a conduit au salon où sa femme m'attendait. Elle m'a dit: Jeune homme, je vous connais peu et j'espère que vous ne verrez pas dans ma demande une curiosité malsaine et mal placée. Pourriez-vous me dire, d'où vous vient cette croix que vous avez offert à Mlle Rosalie?

Je lui ai expliqué que je l'avais toujours possédée. Je lui racontai aussi comment le brave curé de Saint-Benoît m'avait découvert et la façon généreuse dont il m'a élevé. Ma réponse sembla la bouleverser au plus haut point. Elle me dit d'une voix grave: Je me dois de vous avouer quelque chose, un événement terrible qui m'arriva durant ma jeunesse.

— Madame, vous faites erreur. Vous ne me devez rien, lui répondis-je.

— Je vous en prie, gardez le silence pendant ma confession. Cela m'est déjà fort pénible et j'ai besoin de tout mon courage pour vous dire ces choses. Aidez-moi en ne me coupant pas la parole. À l'époque, je n'avais que dix-neuf ans. J'étais jeune, sans expérience et si peu méfiante. Je fis la connaissance d'un homme un peu plus âgé que moi.

«Tout le monde en disait le plus grand bien. Il agissait en galant homme, bien élevé et poli. Lorsqu'il me parla d'amour et de mariage, je le crus. Je mis en lui toute ma confiance. Et j'en vins même, sur son insistance, à pécher et à m'abandonner à lui. Je croyais à tort qu'il était sérieux et désirait réellement m'épouser. Je fus cruellement déçue et blessée lorsqu'il m'abandonna et partit pour les vieux pays.

«Cette faute, en soi, n'aurait pas été si grave, s'il n'y avait eu une terrible conséquence. Je me rendis compte quelque temps après sa fuite que j'étais enceinte. J'étais au désespoir et j'aurais voulu mourir plutôt que d'avouer cela à mes parents. Je n'eus pas à le leur dire, ma pauvre mère découvrit seule la vérité.

173

«Le scandale éclaboussait ma famille, mes parents ne cherchaient qu'à cacher la chose par tous les moyens possibles. Pour leur plus grand malheur, je me mis à aimer l'enfant que je portais en moi. Je finis par les convaincre que je ne m'en séparerais jamais.

«J'accouchai d'un magnifique garçon et je le gardai avec moi, caché du monde extérieur. Je passais beaucoup de temps avec lui, à en prendre soin, à lui parler, à lui enseigner des tas de choses. C'était un petit garçon intelligent et à l'esprit vif. Il apprenait très vite. Il grandissait beau, grand et fort.

«Un jour, ma famille m'annonça qu'un jeune homme m'avait remarquée et désirait me faire la cour, comme il se doit. Il s'agissait de mon mari, Théophile. J'acceptai de le voir à quelques reprises. Ma mère profita d'une de mes sorties pour confier mon fils à une ancienne servante qui avait quitté le service auprès de ma famille à cause de son âge avancé.

«Je fus atterrée par cette décision. Je ne pouvais accepter l'idée d'être séparée de mon fils. De plus, je n'avais aucune confiance en cette vieille femme. Je ne lui avais jamais trouvé bon cœur. Je craignais pour le sort de mon enfant. Je me faisais du souci pour lui. Pourtant, Théophile me courtisait toujours, ignorant tout du malheur qui m'accablait.

«Je décidai de couper court à cette situation impossible, en avouant tout à mon prétendant. S'il m'aimait vraiment, il devait m'accepter avec mon enfant. Sinon, tant pis!

174

«Il fut secoué par mon aveu et prit le temps de bien réfléchir avant d'accepter. La magnanimité dont il fit preuve à cet instant, n'a jamais cessé de m'étonner et de me troubler. Je lui en suis profondément reconnaissante.

«Nous sommes donc allés trouver cette vieille femme pour reprendre mon fils. Mais, ô malheur, elle était morte et son fils nous apprit que dès qu'on lui avait confié l'enfant, elle s'en était débarrassée en l'abandonnant, il ne savait trop où.

«Mon mari eut beau le questionner, le menacer, lui promettre une récompense, il ignorait où se trouvait mon enfant. L'affliction et la détresse qui m'accablèrent alors sont indescriptibles. Théophile continua les recherches, mais en vain. Depuis, nous nous sommes mariés et avons fondé une famille. Mais jamais, je n'ai pu oublier ce petit garçon de quatre ans et demi qui se prénommait Laurent-Olivier et qui portait à son cou une croix en argent orné d'une pierre rouge identique à la vôtre.»

Elle s'est tue et m'a fixé avec anxiété. Mais j'étais incapable de lui répondre. Je me suis dirigé vers la porte et avant de sortir, je lui ai dit que j'avais besoin de réfléchir et de me reposer. Et voilà, c'est tout.

Julien et moi étions abasourdis par sa réaction. Mon frère le lui fit remarquer:

— Ces retrouvailles ne te font donc pas plaisir!

— Julien, mets-toi à ma place. Toute ma vie, j'ai porté une haine féroce à la femme qui m'a abandonné sur le perron de l'église. Il est évident que celle qui m'a déposé là, espérait que l'on me retrouve au matin seulement, mort de froid.

— Mais ce n'est pas votre mère qui vous a abandonné, lui fis-je remarquer.

— Est-ce bien certain? répondit-il.

— Vous ne croyez pas ce qu'elle vous a dit?

— Je ne dis pas qu'elle ment, mais elle aurait très bien pu m'abandonner, puis avoir des remords. Je ne sais pas, moi, lança-t-il exaspéré.

— Je ne peux pas croire qu'elle vous mente, lui assurai-je. J'ai vécu assez longtemps ici pour savoir qu'elle est la bonté et la droiture personnifiées.

Pour couper court à notre entretien, il annonça qu'il était fatigué et désirait dormir. Je les ai donc quittés pour qu'ils se reposent. J'espère que la nuit lui portera conseil.


**22 mai 1839**

Lorsque je suis entrée dans leur chambre, Laurent-Olivier était vraiment de joyeuse humeur. Il chantonnait un petit air gai et entraînant. En guise de salutations, il me souleva dans ses bras et me demanda à brûle-pourpoint:

— Rosalie, voulez-vous m'épouser? Mais avant de répondre, sachez que j'y pose d'abord une condition: vous devrez me faire une fois par semaine, ce merveilleux sucre à la crème dont vous avez le secret.

— Mais si je fais cela vous deviendrez aussi gros qu'un tonneau, lui répondis-je mi-amusée, mi-surprise.

— Mais c'est mon ambition la plus chère que de devenir un homme pesant et imposant de notre société.

— Dans ce cas, j'accepte avec plaisir, mais à une condition: voulez-vous faire la paix avec votre mère?

Pour toute réponse, il me reposa subitement par terre et m'embrassa.

— C'est déjà fait. Je suis allé lui parler ce matin et nous avons réglé cette situation. De plus, M. Goyette a décidé de me prendre comme étudiant en droit, à son service. Il m'appelle son fils et entend me traiter comme tel. Rosalie, je suis un homme comblé ou presque.

— Que vous manque-t-il donc, mon ami?

— Puisque nous allons nous marier, j'aimerais que l'on se tutoie.

— Avec la plus grande joie!

Il se tourna vers mon frère, toujours alité, pour lui dire:

— Je suis désolé, mais j'ai oublié de demander ta permission et de me conformer à l'étiquette. Auriez-vous l'obligeance, monsieur Cadet de m'accorder la main de votre sœur?

— Accordé, lui répondit Julien. Auparavant, tu étais mon meilleur ami, maintenant, à ma grande joie, tu deviens mon frère.

Pendant que Julien félicitait mon fiancé, je suis revenue dans ma chambre, pour inscrire dans mon journal la joie immense et le bonheur sans nom qui m'envahissaient.

Je suis la plus heureuse des femmes.

○

Mijanou tourne la dernière page du journal. Le récit de Rosalie Cadet est terminé.

— Tu sais, je me sens toute bizarre, avoue-t-elle à son frère. Jamais je n'aurais cru qu'une de mes ancêtres ait pu vivre une histoire aussi extraordinaire.

— Moi aussi, je ne m'attendais pas à cela. Au fond, je me sens très fier d'eux. Ils étaient tous les trois très braves pour affronter avec autant de courage les événements de ces terribles années.

— Je dirais plutôt téméraires en ce qui concerne Julien et Laurent-Olivier. N'empêche que je suis bien contente que Rosalie épouse son beau patriote. Il semble tellement amoureux d'elle.

— Toujours aussi romantique, ma petite sœur. Allez, range le journal et allons faire un tour. J'ai besoin de prendre l'air.

# Conclusion

La montagne s'est revêtue de ses plus belles couleurs. Les rouges chatoyants côtoient des jaunes vifs et se marient agréablement aux petites taches de vert tendre qui résistent encore à la teinture de l'automne.

Toute cette palette de joyaux attire l'œil et l'admiration des passants. Les jumeaux profitent de ce merveilleux décor pour se balader avec leur grand-mère.

Pendant leur promenade, ils lui racontent la merveilleuse histoire de Rosalie, ses actions téméraires, son dévouement, ses amours. À leur grande surprise, leur grand-mère ne montre aucun étonnement.

— Cette belle histoire, il y a longtemps qu'on la raconte dans la famille. Je la connais bien, sans même l'avoir lue. Je peux même vous apprendre la suite.

— Vraiment, Mammie? s'étonne Mijanou.

— S'il te plaît, raconte, demande Nicolas.

— Mais bien sûr. Rosalie épousa Laurent-Olivier qui devint un excellent avocat. Ensemble, ils eurent quatre enfants. C'est l'un d'eux, le plus jeune qui décida de quitter Montréal pour s'établir ici, à Saint-Rémi-d'Amherst, dans les Laurentides, à la fin du siècle dernier.

«C'était mon grand-père et, quand j'étais toute petite, il m'a conté la Rébellion de 1837-38, tout en me berçant sur ses genoux. Il m'a aussi dit de ne jamais oublier ceux qui se sont autrefois sacrifiés pour cette cause. Ce sont eux qui ont ouvert le chemin pour faire de notre pays ce qu'il est aujourd'hui: une nation libre et débarrassée de tout joug colonialiste.

«Mon grand-père m'a toujours assurée que Rosalie, sa mère, avait eu après son mariage une vie douce et choyée. Laurent-Olivier l'aimait profondément et il a toujours voulu la rendre heureuse. Les troubles ayant complètement cessé, lui et son beau-frère Julien ne se sont plus jamais occupés de faire de la politique active. Julien aussi s'est marié et a eu une nombreuse famille de neuf enfants.»

— Il aimait les grosses familles, remarque Nicolas.

— C'était souvent comme ça à l'époque, lui lance Mijanou. N'est-ce pas, Mammie?

— Eh! oui. Ça ne date pas de tellement longtemps la planification familiale. Même moi, j'ai eu sept enfants. Mais pour en revenir à Rosalie et Laurent-Olivier, je veux vous faire un petit cadeau en souvenir d'eux. Au retour à la maison, allez chercher leurs portraits. Je vous les donne.

Les jumeaux remercient leur grand-mère avec empressement. Dorénavant, ils savent qu'ils auront toujours un petit coin dans leur cœur consacré au souvenir de leurs héroïques ancêtres.

# DATES ET ÉVÉNEMENTS

*31 octobre 1832*: Décision de la Chambre d'Assemblée du Bas-Canada de couper les fonds au Conseil Législatif pour protester contre son attitude.

*6 mars 1837*: En Angleterre, adoption des 10 résolutions de Lord Russell permettant au gouverneur général du Bas-Canada de se servir directement dans les coffres de la Chambre d'Assemblée.

*11 avril 1837*: Annonce au Bas-Canada, des résolutions de Lord Russell.

*Mai à octobre 1837*: Séries d'assemblées patriotiques partout dans la province, mais surtout dans la région de Montréal.

*15 juin 1837*: Proclamation du gouverneur du Bas-Canada interdisant de tenir des assemblées publiques.

*5 septembre 1837*: Création d'une société politique de jeunes patriotes, «Les Fils de la Liberté».

*4 octobre 1837*: Publication par les Fils de la Liberté d'un manifeste incitant le peuple à l'action et création de formations paramilitaires.

*Octobre 1837*: Formation dans plusieurs villages de corps de milice volontaires s'exerçant au maniement des armes. Élection de juges de paix favorables aux

Patriotes pour remplacer ceux qui furent destitués par le gouvernement.

6 novembre 1837 : À Montréal, bagarre entre les Fils de la Liberté et le Doric Club. Saccage de la part du Doric Club.

11 au 16 novembre 1837 : Premières arrestations parmi les principaux membres des Patriotes.

23 novembre 1837 : Combat à Saint-Denis, première victoire des Patriotes. Exécution regrettable d'un prisonnier anglais qui tentait de s'enfuir.

25 novembre 1837 : Combat à Saint-Charles, défaite des Patriotes.

2 décembre 1837 : Revanche de l'armée loyaliste qui effectue une tournée d'inspection sur le Richelieu et incendie plusieurs maisons de Saint-Denis.

5 décembre 1837 : Proclamation de la Loi Martiale dans le district de Montréal.

14 décembre 1837 : Combat à Saint-Eustache, défaite des Patriotes. Destruction partielle du village.

15 décembre 1837 : Entrée des troupes loyalistes dans Saint-Benoît sans aucune résistance de la part des citoyens.

16 décembre 1837 : Destruction par le feu du village de Saint-Benoît au départ des troupes.

28 février 1838 : Proclamation d'indépendance du Bas-Canada par les rebelles cachés aux États-Unis dont les chefs sont les docteurs Robert Nelson et Côté.

27 avril 1838 : Révocation de la Loi Martiale dans le district de Montréal.

26 juin 1838 : Signature d'un aveu de culpabilité par 8 prisonniers pour permettre aux autres de retrouver leur liberté.

**28 juin 1838:** Proclamation d'amnistie pour la majorité des prisonniers. Exceptions:

a) les 8 prisonniers qui ont signé un aveu et qui seront expatriés aux Bermudes,

b) ceux qui sont en fuite aux États-Unis,

c) les accusés du meurtre du soldat anglais à Saint-Denis.

**16 août 1838:** Le parlement de Londres passe un bill d'amnistie qui met fin à l'exil aux Bermudes.

**Juillet à novembre 1838:** Formation un peu partout dans la province du Bas-Canada d'une association secrète «Les Frères Chasseurs».

**3 au 10 novembre 1838:** Rassemblements et soulèvements à différents endroits: Beauharnois, Camp Baker, Châteauguay, Pointe-Olivier, Rivière-à-la-Tortue, Napierville, Lacolle, Odelltown. Revers et mutinerie à tous ces endroits. Dispersion par les troupes loyalistes. 813 prisonniers dont la plupart furent libérés sans procès.

**27 novembre 1838:** Institution d'une cour martiale.

**28 novembre 1838 au 1er mai 1839:** Série de procès pour 108 prisonniers accusés de haute trahison:

- 9 furent acquittés;
- 99 furent condamnés à mort;
  - — 12 furent exécutés,
  - — 58 furent déportés en Australie,
  - — 2 furent bannis,
  - — 27 furent libérés sous caution.

**1er février 1849:** Amnistie générale pour tous ceux qui participèrent aux rébellions de 1837-1838.

Ce livre a été imprimé sur du papier enviro 100 % recyclé.

Empreinte écologique réduite de:
Arbres: 4,
Déchets solides: 215 kg
Eau: 14 187 L
Émissions atmosphériques: 559 kg